歴史ゴーストバスターズ

⑨五年一組トキメキ☆トゥインクルの乱!?

あさばみゆき／作
左近堂絵里／絵

POPLAR
KIMINOVEL

人物紹介《じんぶつしょうかい》

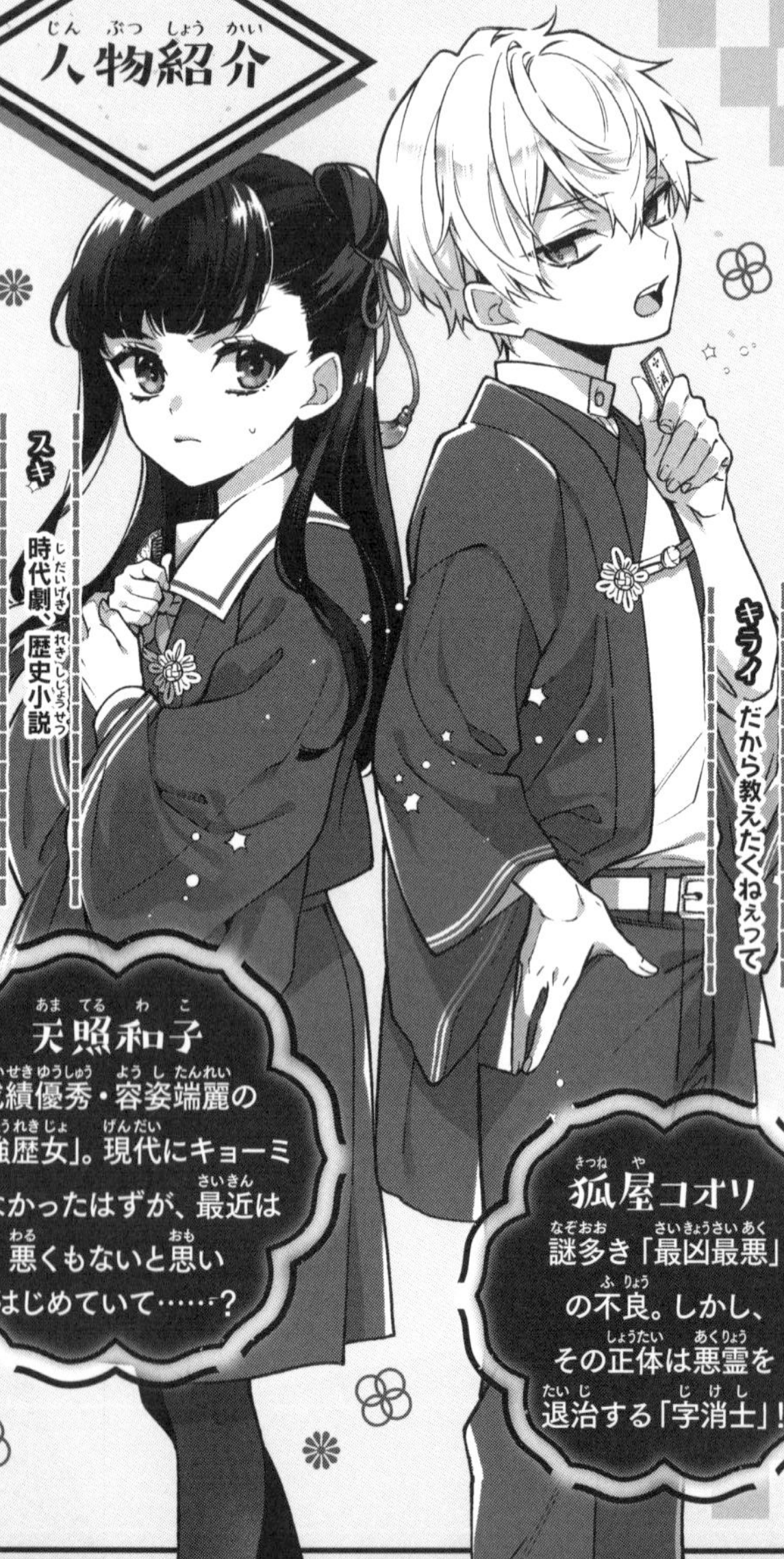

スキ　時代劇《じだいげき》、歴史小説《れきししょうせつ》

キライ　メガネをかけると見える……アレ

天照和子《あまてるわこ》

成績優秀《せいせきゆうしゅう》・容姿端麗《ようしたんれい》の「最強歴女《さいきょうれきじょ》」。現代《げんだい》にキョーミはなかったはずが、最近《さいきん》は悪《わる》くもないと思《おも》いはじめていて……？

スキ　教えたくねぇ

キライ　だから教えたくねぇって

狐屋《きつねや》コオリ

謎多《なぞおお》き「最凶最悪《さいきょうさいあく》」の不良《ふりょう》。しかし、その正体《しょうたい》は悪霊《あくりょう》を退治《たいじ》する「字消士《じけし》」！

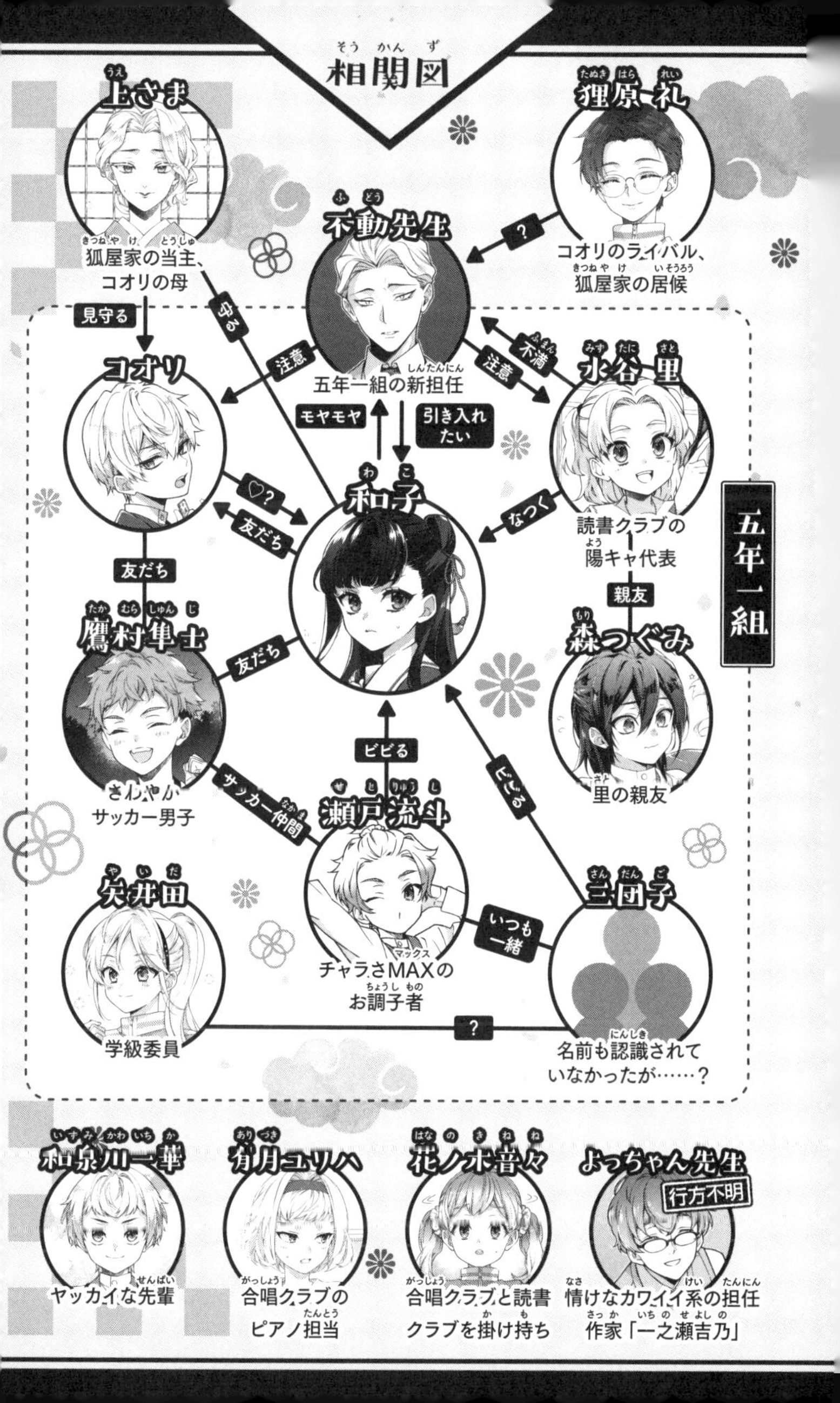

相《そう》関《かん》図《ず》
上《うえ》さま
狐《きつね》屋《や》家《け》の当主《とうしゅ》、
コオリの母
狸《たぬき》原《はら》礼《れい》
コオリのライバル、
狐《きつね》屋《や》家《け》の居候《いそうろう》
?
不《ふ》動《どう》先生
五年一組の新担任《しんたんにん》
見守る
守る
注意
不満《ふまん》
注意
コオリ
水《みず》谷《たに》里《さと》
モヤモヤ
引き入れたい
和《わ》子《こ》
♡?
友だち
なつく
読書クラブの
陽《よう》キャ代表
友だち
親友
五年一組
鷹《たか》村《むら》隼《しゅん》士《じ》
友だち
森《もり》つぐみ
さわやか
サッカー男子
里《さと》の親友
ビビる
ビビる
サッカー仲間《なかま》
瀬《せ》戸《と》流《りゅう》斗《し》
矢《や》井《い》田《だ》
三《さん》団《だん》子《ご》
いつも一緒
チャラさMAX《マックス》の
お調子者《ちょうしもの》
?
学級委員
名前も認識《にんしき》されて
いなかったが……？
和《いず》泉《み》川《かわ》一《いち》華《か》
ヤッカイな先輩《せんぱい》
有《あり》月《づき》ユリハ
合唱《がっしょう》クラブの
ピアノ担当《たんとう》
花《はな》ノ《の》木《き》音《ね》々《ね》
合唱《がっしょう》クラブと読書
クラブを掛《か》け持《も》ち
よっちゃん先生
行方不明
情《なさ》けなカワイイ系《けい》の担任《たんにん》
作家《さっか》「一之瀬吉乃《いちのせよしの》」

和子《わこ》は自身が「ナナシを小さくするためのいけにえ“日の御子《ひみこ》”」であると知るも、その運命にあらがい、狐屋《きつねや》コオリや狸原礼《たぬきはられい》らとともにナナシを消すと誓《ちか》う。一方で、ナナシをあやつる暗黒人間が、よっちゃん先生にとり憑《つ》き、姿《すがた》をくらました。字消士《じけし》たちは彼《かれ》の行方《ゆくえ》を追うが……。

目次

1 新《しん》担《たん》任《にん》、あらわる！

「本日から、このクラスの担任《たんにん》になる、**不動《ふどう》**です。よろしく」

おしゃべりに花をさかせていたクラスメイトたちが、一瞬《いっしゅん》シンとなった。

チャイムが鳴ると同時、教室に入ってきたのは、見たことのない先生だ。

細身のスーツをピシッと着こなす、筋肉質《きんにくしつ》の体。

キュッとしめたネクタイに、なぜか白い手ぶくろ。

髪《かみ》もぴたりとなでつけた、ひとすじの乱《みだ》れもない男。

自由な——というか、ゆるゆるなこの**高天原小《たかまがはらしょう》**には、めずらしいタイプの先生だ。

彼《かれ》はにこりともせず、するどい両の眼《まなこ》でクラスを見まわした。

わたし**天照和子《あまてるわこ》**が、「歴史以外《れきしいがい》のことも、まぁ悪くはないか」と思いはじめたのは、実に最近《さいきん》。

同級生の顔を覚《おぼ》えてきたのも、最近《さいきん》だ。

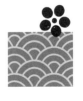

わたしがこの先生を知らんでも、まったくフシギじゃないが。

「えっ。だれ？　瀬戸《せと》、知ってる？」

「ううん、初《はじ》めて見た」

五年一組の陽《よう》キャ代表・**水谷里《みずたにさと》**や、顔の広さだけなら一等賞《いっとうしょう》の**瀬戸《せと》**までキョトンとしている。

ということは、まったくの新顔か？

ほかのメンツもざわついている。

「**ふどっちー**、よっちゃんはぁ？　よっちゃん、ぜんぜん来ないじゃん〜」

初対面《しょたいめん》の先生に秒であだなをつけた彼女《かのじょ》は、不満《ふまん》げに口をとがらせる。

「吉田《よしだ》先生は『**家庭のご事情《じじょう》**』で、まだ来られないそうです」

そう。クラス担任《たんにん》の〝**よっちゃん**〟こと**吉田日哉《よしだにちや》**は、正月すぎからずっとお休み。

すでに二月ゆえ、もうほぼ一ヶ月の長期休みだ。

……里《さと》たちは知らぬことだが、彼《かれ》は〝**暗黒人間**〟と呼《よ》ばれるバケモノにとり憑《つ》かれ、そのままゆくえ不明《ふめい》になってしまったのだ。

暗黒人間の黒いモヤの下に見えた、人の顔。

あれはやはり、彼《かれ》でまちがいなかったのだ。

暗黒人間は、前に食らった**狐屋親子**《きつねや》からの打撃《だげき》と、さらに先月の**権之助**《ごんのすけ》の一撃《いちげき》で、まだ動けないらしい。

攻撃《こうげき》をしかけてこないのはありがたいが、先生の体をうばったままなのは、どうしたものか。

「コオリくん。よっちゃん先生は、やはりまだ見つからんか」

わたしはきのうの席《せき》がえでとなりになった、友・**狐屋**《きつねや》**コオリ**に顔をよせる。

この彼《かれ》は、和風ゴーストバスター・字消士《じけし》一族の、次の当主なのである。

「ダメだな。四家《け》で手分けして、日本中をさがしてるんだけど、手がかりもねぇ。ほまれとか権之助《ごんのすけ》たちも、空《から》ブリだって」

「そうか……」

わたしは身をもどし、ううむとウナる。

敵《てき》が隠《かく》れたまま動く気がないなら、捕《つか》まえづらくて当然《とうぜん》だ。

しかし、先生は情《なさ》けな系《けい》ぷるぷるチワワ担任《たんにん》であると同時に、我《わ》が推《お》し作家「**一之瀬吉**《いちのせよし》**乃**《の》**先生**」でもあらせられる。

このままではお原稿《げんこう》もピンチなのでは。

一刻《いっこく》も早く発見せねばいかんが、ずっと足取りがつかめんままだ。

彼《かれ》が家にも帰れず、学校にも来られないことについては、字消士《じけし》一族の〝事務方《じむかた》〟が、うまいコトごまかしてくれているようだが――。

代理の担任《たんにん》まで来てしまって、いよいよ、学校をクビになりそうだぞ。

よっちゃん先生の奥方《おくがた》さまも、それはそれは心配していることだろう。

「さて、みなさん？　すでにチャイムが鳴っていますよ。なぜ立ち歩いてるんですか？　席《せき》に着きなさい」

不動《ふどう》先生ににらまれて、一同はおおあわてで自分の席《せき》にもどる。

彼《かれ》はふと、一番後ろに座《すわ》るわたしに目をとめた。

「ワタシがもらった座席表《ざせきひょう》とは、**みなさんの席《せき》がちがう**ようですが？」

すると先生のまんまえの席《せき》から、里《さと》がハーイと手をあげる。

「きのう席《せき》がえしたんだよ。そろそろしたいねーって話になって。**ねーっ**」

さよう。里《さと》の言うとおり、彼女《かのじょ》が言い出しっぺで、昼休みにくじ引きをしたのだ。

わたしは思いもよらずコオリのとなりになって、いと満足《まんぞく》である。

となり同士《どうし》ならば、急な歴友活動《れきともかつどう》もしやすいであろう。

しかし先生はスッと半眼《はんがん》になった。

「担任《たんにん》の許可《きょか》も取らずに、席《せき》がえをしたんですか？」

「だって、よっちゃんがいないしぃ。許可《きょか》もらいようがないじゃん」

すると――、
ダンッ！

彼《かれ》は大きな音をたてて、教卓《きょうたく》に手をつく。

その音にびっくりした里《さと》たちは、ぴゃっと身をすくめた。

「ウワサどおり、一組は無法地帯《むほうちたい》ですね……！　いいですか。ワタシは、吉田《よしだ》先生のようにはいきませんよ。**今日からこのクラスを、しっかりとしたルールあるクラスに作りかえます**。みなさん、そのつもりで」


午前中の授業《じゅぎょう》が終わり、不動《ふどう》先生が出て行くなり、里《さと》が叫《さけ》んだ。

「なんなんなんなんなのぉ！　ふどっちコワ～～ッ！」

五年一組が、四コマ連続《れんぞく》でこんなにも静《しず》まりかえって授業《じゅぎょう》を受けていたのは、今日が初《はじ》めてではなかろうか。

休み時間もおとなしかったのは、なんと次の授業《じゅぎょう》の初《はじ》めに、前の授業《じゅぎょう》の豆テストがあったからである。

しかも全問正解《せいかい》じゃないと、宿題プリントが十枚出されるというスパルタ仕様。

（なお「スパルタ」とは、古代ギリシャの国スパルタの、弱き者は山の洞《どう》くつに捨《す》てられちゃうという、超《ちょう》ハードな軍人《ぐんじん》教育が由来《ゆらい》だゾ！）

コオリはハナからあきらめて寝《ね》ており、すでにプリントを三十枚《まい》も積《つ》まれている。

わたしはといえば、静寂《せいじゃく》の中、実に読書がはかどった。

「アミィちゃん、ふどっちどうにかしてよぉ～！　毎日こんなんじゃ、ゼッボーだよぉ！」

里《さと》が転げるようにして、わたしのところまですっ飛《と》んでくる。

「どうにかって、ベツにどうもせんでいいだろう。生徒《せいと》は勉強してトーゼン」

「そう言う和子《わこ》ちゃんだって、**こっそり本読んでたじゃんっ**」

ぬ。バレていたか。

里《さと》はわたしの豆テストを勝手にうばい、すべて満点《まんてん》なのを見て、**ぎゅにゅう……**と顔をシワシワにする。

隼士《しゅんじ》も横からのぞきこんできた。

「さ、さすが和子《わこ》ちゃん。オレたちは、これから大変《たいへん》そうだね……」

彼《かれ》は自分用のプリントのたばに、大きく息をつく。

そこに、机《つくえ》にたおれて屍《しかばね》と化《か》していた瀬戸《せと》が、ガバリと起きあがった。

「あっ、思い出した！　不動《ふどう》先生って、**あの人だっ！**」

——瀬戸《せと》の話では、不動《ふどう》はよっちゃん先生と同《おな》い歳《どし》。

同時にこの学校に来たそうで、ただいま、先生四年目。

しかし、不動《ふどう》のほうは、去年から丸一年、体調をくずして休んでいたそうな。

「なるほど、それはますます、わたしが知っているワケもないな」

「**チワワ**と**ドーベルマン**コンビ——って、話題になってたんだけどねー」

ふむ。たしかによっちゃん先生がチワワなら、彼《かれ》は精《せい》かんなドーベルマンのイメージだ。

そんな話をしていたら、職員室《しょくいんしつ》に帰ったはずのドーベルマン不動《ふどう》が、また戸口に顔を出した。

里《さと》と瀬戸《せと》がヒッと身をちぢめる。

「天照《あまてる》さん、**ちょっとお話があります**」

「はぁ」

わたしは眉《まゆ》をひそめて立ち上がる。

すると熟睡《じゅくすい》していたはずのコオリが、ふっと目をさました。

「和子《わこ》、オレも行く」

「キミは番犬でもあるまいに。よいよい、寝《ね》ていてくれ」

身を起こすコオリに、わたしは軽く笑《わら》った。

わたしが**日の御子**《いけにえ》だと分かってから、彼《かれ》ら字消士《じけし》は、ナナシや暗黒人間から守ってくれようとして、朝から晩《ばん》まで重警護《じゅうけいご》ジョータイだ。

そのうえ夜おそくまで、よっちゃん先生さがしもしてくれているのだから、無理《むり》はさせられん。

わたしはコオリを置《お》いて、廊下《ろうか》へ出る。

昼休みになったばかりの廊下《ろうか》は、生徒《せいと》たちが行きかってにぎやかだ。

しかしドーベルマン不動《ふどう》のまわりだけ、人の波がみごとに割《わ》れていく。

「先生、なんの用でしょうか」

わたしが前に立つと、――なんと、彼《かれ》はにっこりと笑顔《えがお》を作った。

目じりが下がると、少しばかり人間らしい顔になる。

「天照和子《あまてるわこ》さん。あなたのウワサは、たくさん聞いています。文武両道《ぶんぶりょうどう》、人がらも落ちついていて、浮《うわ》ついたところがないと」

「ハァ」

我《われ》こそはラストサムライ。

常住死身《じょうじゅうしにみ》でどっしりかまえた人生をすごしたい者だが、それがどうした。

「優等生《ゆうとうせい》のあなたに、**クラスをまとめる役**をやってもらいたいのです。あなたならできる」

「ハァ？」

わたしは全力で眉《まゆ》をひそめた。

クラスにほぼほぼ関《かか》わらず、「**孤高《ここう》の歴女《れきじょ》**」をやってきたわたしが、まとめる？

あの無法地帯《むほうちたい》の者どもを？

「まとめ役は、学級委員がいるじゃないですか。ええと……なんだっけ、だれだか覚《おぼ》えていませんが、たぶん、いるでしょう」

するとドーベルマンは深々《ふかぶか》とタメ息をついた。

口もとに手を当てかけた彼《かれ》は、「しまった、教卓《きょうたく》をさわった手でした」と、白手ぶくろをぬぐ。

それをビニールぶくろに入れると、固《かた》く口をしばってからポケットにしまった。

ずいぶんと几帳面《きちょうめん》な人間のようだ。

「残念《ざんねん》なことに、学級委員さんは、それほど影《かげ》がうすいのですよ。水谷《みずたに》さんや瀬戸《せと》さんのようなチャラチャラした生徒《せいと》がめだってしまって、クラスがまったくまとまっていない」

「いや、実質《じっしつ》、彼女《かのじょ》たちがクラスをまとめているのです。イベントごとでは、戦国《せんごく》時代は**武田信玄**《たけだしんげん》公《こう》の四天王《してんのう》が率《ひき》いる、武田家臣団《たけだかしんだん》のごとき、おどろくべき団結力《だんけつりょく》。そしてわたしは、逆《ぎゃく》に一人が気楽なタチなので、そのような役まわりは、ゴメンこうむります」

わたしもパリピ軍団《ぐんだん》の大さわぎには、面食らう。

が、まぁ、パーティに参加《さんか》してみて楽しくないことはなかったというか、むしろ意外と楽しかったのである。

やつらは勝手にうまくやっているのだから、わたしの出る幕《まく》はない。

なによりそんな役を押《お》しつけられるのは、正直メンドー・オブ・ザ・メンドー。

すっぱり拒否《きょひ》の姿勢《しせい》をとるわたしに、先生はくちびるの両ハシを下ろした。

そしてカチカチと奥歯《おくば》を鳴らしだす。

「天照《あまてる》さんなら分かってくれると思ったのですがね……っ。そうですか。どうやらあなたも、まわりの人間に毒《どく》されているようだ。『最凶不良《さいきょうふりょう》』の狐屋《きつねや》コオリや、水谷《みずたに》さんたちのような、**ダメなほうの人間とつきあうからです**」

「**――なんだと？**」

思わず敬語《けいご》がぬけた。

コオリはたしかに、誤解《ごかい》されやすい人間だ。

里《さと》たちだって、まじめな先生たちにとっては、手を焼《や》くタイプの生徒《せいと》だろう。

わたしも四月の自己紹介《じこしょうかい》で、クラスの教壇《きょうだん》に立ったときは、不動《ふどう》と同じ気持ちだったはずだ。

メンドーなやつらと、なれあうつもりはないゾと。

なのに、今、コオリや里《さと》らの悪口を言われて、ムカッとした。

わたしも口がへの字になる。

「友を悪く言われるのは、おもしろくありませんな」

先生はわたしのフキゲンな顔に、今これ以上《いじょう》押《お》すのは逆効果《ぎゃくこうか》と気づいたらしい。

自分から引き下がった。

「……ワタシは、あなたを高く評価《ひょうか》しているんです。あなたなら、言うことを分かってくれると信《しん》じていますよ。まとめ役のことは、もう一度よく考えておいてください」

新しい手ぶくろを装着《そうちゃく》すると、生徒《せいと》の海を割《わ》って去っていく。

わたしはその隙《すき》のない背中《せなか》を見送りながら、ふぅと息をついた。

「どうもメンドーそうなのが、担任代理《たんにんだいり》になったようだぞ」

これは、ひと波乱《はらん》ありそうな気配だ。

2 バレンタインのパリピたち

昼休みの陽《よう》キャ軍団《ぐんだん》は、いつにもましての大さわぎ。

放送委員会のラジオ番組が流す、浮《う》かれた曲に合わせて、

「**トキメキビーム!**」

里《さと》がペンを三団子《さんだんご》に向ける。

彼《かれ》らは「**きゅんきゅーん♡**」とアホな効果音《こうかおん》を叫《さけ》びつつ、その場にたおれたふり。

コオリはちまちま動かしていた手を止め、眉《まゆ》をひそめた。

「あいつらなにやってんだ?」

「午前の授業《じゅぎょう》で、しめつけられた反動だろうな」

彼《かれ》は「へー」とキョーミもなさそうに返事をして、また手もとのプリントに目をもどす。

もちろん宿題をやっているわけではなく、その紙の上に**化石発掘《はっくつ》チョコ**を広げ、トリケラトプスの発掘《はっくつ》にシンケンなのだ。

わたしは食後の茶をすすりながら、にぎやかな教室に、あきれた息がもれ出《い》ずる。

そこに、サッカーボールを抱《だ》いた隼士《しゅんじ》が顔をのぞかせた。

「水谷《みずたに》のペン、恋愛《れんあい》のお守りらしいよ。小説《しょうせつ》のグッズで、バレンタイン企画《きかく》のプレゼントで当たったんだって」

「ああ……、**『オレさま男子がどーのこーの』**のやつだな」

ペンのおしりの部分に、桃色《ももいろ》ハートのかざりがついている。

たしかに里《さと》から強制的《きょうせいてき》に貸《か》し出《だ》された本で、主人公が小さいころに、ああいうのをヒーローからもらっていた気がする。

二人で見ていた魔女《まじょ》っ子《こ》アニメの、魔法《まほう》のステッキに似《に》てるからとかなんとか。

里《さと》はこっちを見やると、ニィッと笑《わら》った。

「**トキメキビィィーム！**」

こちらにハートを向けられて、わたしもコオリも目がすわる。

優《やさ》しき男、隼士《しゅんじ》だけが、「ウッ」と声をあげ、心臓《しんぞう》のあたりをつかんでみせた。

「鷹村《たかむら》も、ちゃんと**『きゅんきゅーん♡』**って言って！」

せっかくノッてやったのに、さらなるムチャぶりとは、なんたることか。

「きゅ、きゅん……**きゅーん？**」

りちぎな隼士《しゅんじ》は、はずかしそうにしながらも、しっかりやりとげてやる。

なんとイイやつであろうと、しみじみしてしまうぞ。

隼士《しゅんじ》は、これ以上残《いじょうのこ》るとヤバそうだと察《さっ》したらしく、瀬戸《せと》たちをつれて教室を出て行く。

「雪でも降《ふ》りそうな寒さなのに、サッカーか？」

「うん。走ってたら、体があったまるよ。和《わ》子《こ》ちゃんもまざる？」

「ケッコーなり」

笑《わら》いながら見送って、わたしは先月の、彼《かれ》の必死《ひっし》な瞳《ひとみ》を思い出す。

隼士《しゅんじ》からの二度目の告白《こくはく》を、わたしは今度

こそすっぱりと断《ことわ》り、友であろうと約束《やくそく》した。

そのとおり、彼《かれ》がちゃんと友として話しかけてくれるのが、わたしにはとてもうれしい。

「食らえ〜っ、**トキメキ♡ビィィーム！**」

里《さと》のビームに、クラスの者どもはキャッキャと笑《わら》って逃《に》げまどう。

わたしはそれをはた目に、またズズッとお茶を一口。

「で、コオリくん。そのぶ厚《あつ》いプリントは、どうするつもりかね」

せっかく冬休みの補習《ほしゅう》を終えたのに、また仕事が増《ふ》えている。

「やんねー。よっちゃんが帰ってきたら、この宿題もなかったコトになんだろ。やっぱ早く先生を見つけねぇとな」

「ナルホド」

……やっぱり、ちょっとくらいは不動《ふどう》先生にシメてもらったほうがよさそうだ。

「**ねーねーっ♡**」

机《つくえ》のわきから、里《さと》の頭がひょこっと突《つ》きだした。

「「うわ」」

せっかくスルーし続《つづ》けていたのに、とうとうこっちに来おったぞ！

里《さと》はハートのペンをふりふり、にんまりと笑《わら》う。

「おいそがしいトコすみませぇん。インタビューでぇす」

「**拒否《きょひ》**」

「天照和子《あまてるわこ》サン、狐屋《きつねや》コオリサン。今年のバレンタインッは平日ですが、二人のご予定は？」

秒で断《ことわ》るも、里《さと》はペンのハートかざりを、マイクよろしく突《つ》きだしてくる。

コオリはなにかソワッとして、わたしの様子をうかがってきた。

このソワッの意味、「**友**」であるわたしは、しかと読みとったぞ。

――そう。我々《われわれ》は、よっちゃん先生と暗黒人間をどうにかせねばならん。

ゆくえ不明《ふめい》の人間がいる以上《いじょう》、バレンタインなどと、浮《う》かれて遊んでいる場合ではないのだ。

里《さと》はおそらく、クリスマスに続《つづ》き、パーティでもたくらんでいるんだろう。

だが今度こそは、我々《われわれ》は不参加《ふさんか》なり。

わたしは水筒《すいとう》のふたをきゅきゅっとしめる。

「里《さと》。我々《われわれ》は毎日たいへんいそがしい。むろん、バレンタインもだ」

「え〜っ？　じゃあ、チョコはいつ渡《わた》す予定？　ガッコーで？」

コオリがまたもソワッとして、発掘《はっくつ》チョコから目を上げた。

「バレンタインのチョコか？　わたしは、特《とく》に用意する予定はないぞ」

「ウ、ウソでしょ⁉」

里《さと》はその場にひっくり返った。

「ウソもなにも、わたしは愛《あい》する歴史人物《れきしじんぶつ》にだって、チョコをおそなえしたコトはない」

先日コオリくんと読んだ『**赤ちゃんでも分かる！　マンガ世界史《せかいし》**』のコラムによると、チョコの歴史《れきし》は古い。

大むかしのメキシコでは、チョコは神へのおそなえもの。

または戦士《せんし》のための、闘争心《とうそうしん》マシマシ栄養《えいよう》ドリンクでもあった。

しかも、カカオ豆にトウガラシなどをまぜた液体《えきたい》だったそうだから、**激《げき》ニガ激辛《げきから》ドリンク**だ。

歴女《わたし》がだれかにチョコをあげるのなら、そちらのドリンク一択《いったく》だが、だれも喜《よろこ》ばんだろう。

「そもそもバレンタインは、キリスト教の聖人《せいじん》・**聖《せい》バレンタイン**さまが、首をハネられて処刑《しょけい》されてしまった日だ。チョコはまったくなんのカンケーもない」

「じゃあ、なんでみんな、チョコあげることになってんの？」

「昭和《しょうわ》時代に、お菓子《かし》会社がキャンペーンで流行させたそうだぞ。ゆえに！　現代《げんだい》のバレンタインと、聖《せい》バレンタインさまは、ほぼほぼ無関係《むかんけい》。わたしはやらん」

「ええー!?　でもさぁ、アミィちゃんのチョコねらいのコが、ガッカリするよォ？」

「わたしの？」

〝高天原小《たかまがはらしょう》の高嶺《たかね》の花（ふれるなキケン）〟だとか呼《よ》ばれているわたしに、積極的《せっきょくてき》に近づいてくるクラスメイトは、コオリと里《さと》、隼士《しゅんじ》（まれに瀬戸《せと》）くらいだ。

「たとえば、狐屋《きつねや》クンとかぁ」

里《さと》がハートペンを向けた先は、コオリだ。

同時にコオリの手もとで、パキッと小さな音がした。

なんと、あと一息で無事《ぶじ》に発掘《はっくつ》できそうだったトリケラトプスが、首をハネられてしまった。

「オッ、オオオレは、**べつにっ**」

コオリはその生首と胴《どう》を、いっぺんに口の中に放りこむ。

「そうだろう。今食べているものな」

わたしが深々《ふかぶか》とうなずいたところで。

「あーらら。狐屋《きつねや》クン、そんな強がり言っちゃっていいんですか？」

からかう笑《わら》い声《ごえ》が、上から降《ふ》ってきた。

いつの間にか、**狸腹無礼《たぬきはらぶれい》**――もとい、**狸原礼《たぬきはられい》**が教室に入ってきて、にやにや笑《わら》っている。

「うっせ」

コオリはボリボリチョコを噛《か》み割《わ》りながら、ふてくされて顔をそむける。

「礼《れい》くん。毎度の昼休み、このクラスまで出張《しゅっちょう》してこなくてもいいのだぞ」

「つれないですねぇ。ぼくは、**天照《あまてる》さんのチョコがほしいなー**」

「……む？　キミ、そんなに甘党《あまとう》だったか？」

眉《まゆ》をひそめたわたしは――、スンッと半眼《はんがん》になった。

礼《れい》の背景《はいけい》に、高速でメモ帳にペンを走らせる、あやしげな生徒《せいと》がいる。

「あらわれたな、やっかい忍者記者《にんじゃきしゃ》っ！」

「あらー、気づかれちゃったぁ」

報道《ほうどう》クラブ六年の、やっかい忍者記者《にんじゃきしゃ》こと、**和泉川一華《いずみかわいちか》**！

文化祭ののちは、しばらくまっとうな記事を書いていたと思ったのに、また我々《われわれ》をネタにしに来たかっ。

「なんの用だ」

冷《ひ》ややかな視線《しせん》を、和泉川《いずみかわ》は「アハハ」と笑《わら》って流す。

「キミたちのバレンタイン事情《じじょう》を取材《しゅざい》してってリクエストが、いっぱい来ててね。どど～んっと、バレンタイン特大号《とくだいごう》を打ちあげちゃおっかな、**とぉっ!?**」

「一華《いちか》パイセ～ンッ、いいとこに来たぁ！」

我《わ》がクラスの暴走犬《ぼうそうけん》、里《さと》に飛《と》びつかれ、和泉川《いずみかわ》は横ざまにふっ飛《と》ばされた。

「センパイ、放送委員会に知り合いいるっ？　わたし、いいコト思いついたんだ～っ」

「えっ、ちょ、うちはインタビューしたいんだけどっ？　ねぇー！」

和泉川《いずみかわ》はそのまま教室の外に連行《れんこう》され、二人の声が遠くなってゆく。

成仏《じょうぶつ》せよ、和泉川《いずみかわ》。よくやったぞ里《さと》。

わたしは心の中で手を合わせる。

ささて、読書の続《つづ》きといこう。

本を開いた視界《しかい》に、礼《れい》がニュッとなにかを突《つ》きだした。

赤い玉かざりのついた、かんざしだ。

「おおっ、これは！」

コオリからクリスマスプレゼントにもらった、**織田信長《おだのぶなが》**公《こう》モチーフの**かんざし**！

わたしは「おかえりなさいませ信長公《のぶながこう》っ」と、礼《れい》からうやうやしく受けとる。

「**あやめ**に見てもらえたのか」

「ええ。吉田日哉《よしだにちや》の失踪事件《しっそうじけん》で、バタバタして遅《おく》れましたけど。姉がちょうど、天照《あまてる》さんちに貼《は》る『ナナシよけの札《ふだ》』を渡《わた》しに来たので、ついでにこちらも見てもらいました」

そう。実はこのかんざし、「夢《ゆめ》で会いたい人に会える」まじないつきのはずだが、うまく作動しないまま。

いく晩寝《ばんね》ても、亡《な》き**おばあちゃん**に会えなかったのだ。

そこで、まじないをかけてくれた本人に確《たし》かめてもらおうと、その弟にあずけていた。

「かたじけないな。それで、どうだったね」

「まじないはちゃんとかかっていて――、もう、**使用済《ず》みだったそうです**」

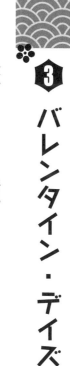

3 バレンタイン・デイズ

わたしは眉間《みけん》にシワをよせ、宝物《たからもの》のかんざしを見下ろした。

「はて。しかしわたしは、おばあちゃんに会えなかったぞ」

「姉が言うには、**正常《せいじょう》に作動したあと**があったと」

「そうなのか……？」

では、なぜ会えなかったのだろうか。

すると、コオリが横から身を乗りだしてきた。

「もう一回、まじないをかけなおせばいいじゃねぇか？」

「うむ。できるなら、再《さい》チャレンジさせてもらいたい。あやめにたのめるかな」

「ところが、上《うえ》さまからNG《エヌジー》が出ました」

なんと。わたしもコオリも目を見開く。

「死者は、軽々《かるがる》しく呼《よ》びだしてよいものではないと。ぼくらはフツーに、死んだ人間の魂《たましい》が視《み》えますから、つい、気軽になりがちですけど。あの世とこの世は、本来まじわっちゃいけないもの。わざとあっちから呼《よ》びだすのは、よろしくない――とのコトです」

わたしはムゥとうなった。

たしかにそのとおりだ。

そして字消士《じけし》のトップからのNG《エヌジー》では、なんとも反論《はんろん》のしようがない。

「じゃあ……、おばあちゃんには会えないのか」

楽しみにしていたから、ガッカリもひとしおだ。

うなだれると、コオリがカバンからスマホを取りだした。

「一回くらい目ェつぶれって、母親にたのんでみる」

「いやっ。いやいや、よいのだ。ただのワガママだからな。よっちゃん先生の捜索《そうさく》におい
そがしい上《うえ》さまを、こまらせてはいかん」

「けどよ……」

コオリは礼《れい》と顔を見合わせる。どちらも難《むずか》しい顔だ。

わたしは自分の未練《みれん》を断《た》つように、かんざしを髪《かみ》にさしてしまった。

本当ならば、そりゃあ無理《むり》を押《お》してでも、おばあちゃんに会いたいが。

上《うえ》さまが言っているのは、「あの世と関《かか》わってきた一族」としてのルールなのだろう。

そういうのを破《やぶ》ると、たいがい痛《いた》い目にあうものだ。

わたしが無理《むり》を通したせいで、おだやかにすごしているおばあちゃんにメーワクをかけるのは、本望《ほんもう》じゃない。

「まじないがなくとも、このかんざしは、**わたしの宝物《たからもの》**だ。それでじゅうぶん」

「和子《わこ》」

コオリは自分のほうが切ない目をする。

まったく、優《やさ》しいヤツだ。

――しかし、なぜまじないがちゃんと働《はたら》いたのに、おばあちゃんに会えなかったのだろうか。

夢《ゆめ》で会えるまじないというからには、おたがいに、魂《たましい》のジョータイでの面会ということだよな。

まじないで呼《よ》ばれても、来てくれなかったということは……。

おばあちゃんが、「和子《わこ》には会いたくない」と拒否《きょひ》した？

いや、おばあちゃんとわたしは親友だ。そんなことはあるまい。

おまえのおばあちゃんは、ここにはいないよ。

ふと耳に、黄泉《よみ》の国で聞いた、暗黒人間の笑《わら》い声《ごえ》がよみがえった。

あいつのあの言葉が、本当だとしたら……。

おばあちゃんは、黄泉《よみ》の国、つまりあの世にはいない？

亡《な》くなった人間が行く場所にいないということは――、**成仏《じょうぶつ》していない？**

いやいや、この世をふよふよしているなら、まっさきに〝視《み》える〟わたしが気づくだろうよ。

そうじゃないなら……？

まさか、ウバワレになったりしてないよな？

どくんっと、心臓《しんぞう》が不吉《ふきつ》なリズムで波を打った。

おばあちゃんがどこまでウバワレや字消士《じけし》まわりのことを知っていたのか、まったく分からんままだ。

しかし彼女《かのじょ》は、わたしが「日の御子《いけにえ》」であるコトは、おそらく知っていた。

だからわたしが幽霊《ゆうれい》を視《み》はじめたとき、狐屋家《おキツネさん》へ相談に連《つ》れて行《い》ってくれたのだ。

おかげでわたしはお守りのクシをもらい、今日までナナシに食われず生きのびられた。

……おばあちゃんは、なにを、どこまで知っていたのだろう。

ウバワレやナナシのこと、暗黒人間の存在《そんざい》も知っていた？

あいつらになにかされて、亡《な》くなったとかじゃない……よな？

まさかまさか、と、わたしは自分の考えを笑《わら》い飛《と》ばそうとする。

しかし勝手に、手のひらに冷《つめ》たいアセがにじんでくる。

「和子《わこ》？　どうした」

「天照《あまてる》さん、急に顔色が……」

二人に左右からのぞきこまれて、わたしはブルルッと首をふった。

「なんでもない」

あの暗黒人間は、わたしを不安《ふあん》がらせて、からかっていたんだ。

夢《ゆめ》で会えなかったのは、おばあちゃんはちゃんと来てくれていたのに、わたしが夢《ゆめ》も見ないほどぐっすり眠《ねむ》っていたとか、そんなところなんだろう。

それでナットクしようとしたわたしに、コオリが疑《うたが》わしげに、赤い瞳《ひとみ》を近づけてくる。

『それでは、今日のおたよりコーナーでーす♪　なんと今日は、おたよりじゃなくて、ゲストが直接《ちょくせつ》、声をとどけに来てくれましたよ～っ。五年一組の水谷里《みずたにさと》さん、どうぞ～！』

「「「は」」」

里《さと》だと？

スピーカーから聞こえてきた名前に、わたしたちは首を持ち上げる。

教室に残《のこ》っていたクラスメイトたちも、ザワッとした。

『高天原小《たかまがはらしょう》のみんなーっ、来週はバレンタインだね☆　チョコを渡《わた》したい相手がいるのに、コワくてなかなか勇気《ゆうき》が出な～いとか、当日中に捕《つか》まえられなさそ～なんて話、よく聞くよねーっ。

ってわけで、今年のバレンタインは、三日間ってことにしませんか！』

なんだなんだ、また里《さと》がなにか始めたぞ。

なぜ聖《せい》バレンタインさまの処刑日《しょけいび》が、三日間に拡張《かくちょう》されるのだっ！

『チャンスはあればあるほどいいもんねっ。というわけで、週明けの月曜、十二日から十

四日までは、バレンタインデイズ！　ラストの十四日には、体育館でバレンタインパーティをしちゃうよ～☆　報道《ほうどう》クラブのHP《ホームページ》で、くわしいコトをチェックしてねー！』

校舎《こうしゃ》のあっちこっちから、ワーッと上がった歓声《かんせい》が響《ひび》いてきた。

全校規模《きぼ》のパーティまで自主企画《じしゅきかく》とはっ。

パリピのパーティにかける情熱《じょうねつ》や、おそるべし……！

「あいつすげぇな……」

「またメンドーなことになりそうですね」

「まぁ、我々《われわれ》には無関係《むかんけい》であろう」

自分が巻《ま》きこまれんぶんには、楽しむがよいさという気持ちであるが。

ただ――、あのカタブツ新担任《しんたんにん》は、よい顔をしないいんじゃないか？

「狸原《たぬきはら》くん、**ずっと好《す》きでした……！**」

ハート形《がた》の大きなチョコが、礼《れい》の眼前《がんぜん》に差《さ》しだされた。

「なにも言わないで！　受けとってくれるだけでいいんです！　ではサヨウナラ！」

女子生徒《せいと》は、礼《れい》が持つ紙ぶくろに己《おのれ》のチョコをズバッとぶちこみ、一秒でも早く礼《れい》の視《し》界《かい》から自分を消したいとばかりのイキオイで、走りさってゆく。

今日も今日とて、わたしは字消士《じけし》二人に警《けい》護《ご》してもらっての登校なのだが。

校門をくぐってから昇降口《しょうこうぐち》にたどり着くまでに、礼《れい》はすでに五個《こ》の、念《ねん》がこもりまくった本命チョコをゲットしている。

「おお……。キミは意外とモテるのだな？」

「ぼくは成績優秀《せいせきゆうしゅう》、文武両道《ぶんぶりょうどう》、そうとう**お買《か》い得《どく》な人材《じんざい》**ですよ。ちなみにこちらのバカさまは、常時《じょうじ》赤点の攻撃力《こうげきりょく》**バカ**。社交性《しゃこうせい》も**ゼロ**。もらったチョコも**ゼロ**」

「うるせー。べつにチョコなんてほしくねぇし」

「負けおしみにしか聞こえませんけどォ～」

ぷぷっと笑《わら》われて、コオリはクツをはきかえながら、目をすわらせる。

「しかしコオリくんこそ、信義《しんぎ》にあつく誠実《せいじつ》な、よき男子《おのこ》ではないか。恋人《こいびと》に選《えら》ぶならば、コオリくんは、それこそ**お買《か》い得《どく》であろうよ**」


ぽとっ。


コオリがうわばきをとり落とした。

まぁ、ほかのだれが彼《かれ》の良《よ》さを知らなくとも、わたしは「友」として「同志《どうし》」として、この男を認《みと》めている。

モテようがモテまいが、狐屋《きつねや》コオリの価値《かち》は変《か》わらんのだ。

わたしもうわばきにはきかえていたら、後ろで「鷹村《たかむら》くん！」と、もう一人の我《わ》が友を呼《よ》ばわる声が響《ひび》いた。

ふり向けば、朝練《あされん》あがりのサッカークラブが、グラウンドからもどってきたところだ。

その中の隼士《しゅんじ》に、女子がむらがっている。

「鷹村《たかむら》くん、チョコあげる」

「あたしもっ」

「オレに？　ええっ？」

さすがは、さわやか高好感度《こうこうかんど》スポーツ少年なり。

「**ボクらも二十四時間受付中《うけつけちゅう》でーす♡**」

「瀬戸《せと》たちは、ちょっとあっち行ってて。あとで友チョコあげるから」

「**ガーンッ**」

大きなふくろを広げた瀬戸《せと》と三団子《さんだんご》は、輪《わ》からはじかれ、よろよろと地面にふせる。

わたしたちはその横を通りすぎ、さっさと階段《かいだん》を上がってゆく。

バレンタインデイズの初日《しょにち》、悲喜《ひき》こもごもであるなァ。

「**アミィちゃーんっ♡**」

五年生のフロアに上がるなり、首謀者《しゅぼうしゃ》の里《さと》が走りよってきた。

「じゃじゃーんっ、見て！　一華《いちか》パイセンが、報道《ほうどう》クラブの権力《けんりょく》で作ってくれたのっ」

腕《うで》に抱《だ》かれているのは、ぶ厚《あつ》いプリントのたば。

そこに、でかでかと「**バレンタインパーティ**」のタイトルが見えた。

プロ制作《せいさく》なみのデザインに、カラー印刷《いんさつ》で、しかもこの量《りょう》。

「里《さと》、キミはいったい、報道《ほうどう》クラブになんの取り引きを持ちかけたのだ」

あのやっかい記者が、タダで動くとは思えん。

「えー？　**パーティでの、取材《しゅざい》ご自由にどーぞ☆権《けん》**だよ」

「なるほど……」

わたしはコオリと視線《しせん》をかわした。

ならば我々《われわれ》は、パーティに参加《さんか》しなければ、和泉川《いずみかわ》の取材《しゅざい》コーゲキは回避《かいひ》できるのか。

よかったよかった、ひと安心。

「アミィちゃんたちにも、チラシあげる♪」

「……!!」

押《お》しつけられたチラシに目を落とせば、どこかで見たことのあるような顔のイラストが、二つ。

メガネにロングヘアの、刀をふりかざす女子。

三白眼《さんぱくがん》に、キツネ耳の男子。

「**わたしと**」

「**オレだ**」

「美術《びじゅつ》クラブの友だちが描《か》いてくれたんだ～。そっくりでしょっ」

「『この二人も、もちろん参加《さんか》！　みんなで渡《わた》せばコワくない♡』ですって」

読みあげた礼《れい》が、ニヤッと笑《わら》う。

「よかったですね、狐屋《きつねや》クン。チョコをもらえそうじゃないですか」

「いらねーって。オレは参加《さんか》しねぇぞ」

「わたしもせんぞ」

今は、こんなトンチキなパーティをしている場合じゃないのだっ。

里《さと》を捨《す》ておき、我々《われわれ》はスタスタと早足で教室に向かう。

「**やだあああコ、お願《ねが》いいいいい！**　二人を待ってるコたちがいるんだよぉっ。一華《いちか》パイセンも『**二人はもちろん出るよね？**』って期待してたしぃ」

「キサマッ、勝手に我々《われわれ》を売るなっ」

「だってぇ〜！　アミィちゃん、『**オレさま男子に恋《こい》し恋《こい》され7《セブン》イヤーズ　〜キミのハートはトゥインクル☆〜**』、前に貸《か》したの、もう読んだ？」

「んぐっ。よ、読み終わってはいないが、最初《さいしょ》の二章までは進んだぞ」

痛《いた》いところをツッコまれて、足の動きがにぶる。

里《さと》はその隙《すき》に、腕《うで》へ飛《と》びついてきた。

あの本は、現代《げんだい》を学ぶための重要参考書《じゅうようさんこうしょ》ではある。

しかし挿絵《さしえ》のあまりの**トキメキ☆トゥインクル**かげんに、正気を保《たも》っていられんのだっ。

「その巻《かん》で、ヒーローが言ってたんだ。『むかしおまえに告白《こくはく》して、ホントによかった。オレみたいな不良《ふりょう》の想いなんて、おまえにはメーワクだろうから、とても言えなかったんだ。知られないままのほうが、おまえも幸せだろうから——って。でもあの時、勇気《ゆうき》を出せたから、今の幸せがあるんだよな』」

里《さと》はきりりと低《ひく》い声で、セリフを再現《さいげん》する。

「ほう……」

「やっぱさぁ、自分の気持ちを伝《つた》えるチャンスって、大事だと思うんだよねっ。バレンタインデーの元ネタの聖《せい》バレンタインさんだって、そのころは『**結婚《けっこん》は禁止《きんし》ー！**』ってルールだったのに、両想いの人のために、こっそり結婚式《けっこんしき》をあげてあげたんでしょおっ？　だからルール違反《いはん》で処刑《しょけい》されちゃったって」

「**ぬっ？**」

里《さと》の口から、歴史《れきし》うんちくが出てきただと!?

「そいつ、めっちゃいいヤツじゃねぇか」

コオリがさっそくほだされている。

「しかし里《さと》。それは、わたしが読んだことのある、聖《せい》バレンタインさまの伝説《でんせつ》とはちがうな。わたしが知っているのは、そのころのローマはキリスト教が禁止《きんし》だったのに、彼《かれ》はゼッタイに信《しん》じることをやめなかった。そのせいで、とうとう処刑《しょけい》されてしまった——って話だぞ」

「あれぇ。だいぶちがうねぇ」

「日本じゃ**卑弥呼**《ひみこ》さまのころの話だからな。いろんな人物のウワサがまざったのかもしれん」

ほへーっとマヌケな声を出した里《さと》は、しばらくたって、ハッと我《われ》に返った。

「とにかくね！　その聖《せい》バレンタインさんがなんやかんやでがんばったから、今も世界中で続《つづ》く、歴史《れきし》あるイベントが生まれたんじゃんっ？　**そんなイベントを、歴女**《れきじょ》**のアミィちゃんがスルーしちゃ、ダメでしょ！**」

里《さと》がびしぃっと指をさして、決めポーズ。

「うぐぅっ！」

里《さと》の言葉に、心《しん》の臓《ぞう》を射《い》ぬかれてしまった。

「た、たしかに、キミの言うとおりな気がしてきた……っ。しかしこの不自然《ふしぜん》なまでの説《せつ》得力《とくりょく》っ。里《さと》が学んでいるはずもない知識《ちしき》っ。さては、**森《もり》つぐみ**の入《い》れ知恵《ぢえ》だな⁉」

「うぐぅ！」

わたしに指をさし返された里《さと》が、後ずさる。

やはり図星《ずぼし》であったかっ。

学校ではレアキャラだが、その読書量《どくしょりょう》は、おそらく学校一！

あらゆるジャンルの本にくわしい彼《かれ》が、親友《さと》のパーティ計画のため、手を貸《か》したのだ。

我々《われわれ》はバチバチと火花を散《ち》らす。

その横を、礼《れい》が「どーでもいいや」とばかりに通りすぎてゆく。

彼《かれ》はふと、わたしの教室をのぞきこみ、こっちをふり返った。

「パーティの話でモメるのは、**あれを見てから**のほうがよさそうですよ。一組さんたち」

「「あれ？」」

わたしも里《さと》もコオリも、そろって目をしばたたいた。

4 一組律令《ルール》、決定《けってい》なり！

五年一組ルール
教室へのお菓子《かし》の持ちこみは禁止《きんし》
※ルールを破《やぶ》った場合、罰《ばつ》があります。

黒板の横に貼《は》りだされた模造紙《もぞうし》に、クラスメイトたちがどよめいている。

教壇《きょうだん》に立つ不動《ふどう》は、じろりと我々《われわれ》を見まわした。

「このルールのとおり、五年一組では『バレンタインデイズ』なんてものは、**禁止《きんし》です**」

「**な、なんで!?**　こんなルールを勝手に決めんの、ズルだよっ。**オーボーだよ！**」

里《さと》の悲鳴に、そーだそーだとクラス中が加《くわ》わる。

不動《ふどう》先生は、ダンッと教卓《きょうたく》に手をついた。

「**おだまりなさい**。クラスの責任者《せきにんしゃ》はワタシ。ここでのルールをワタシが決めるのは、当たりまえのことです」

教室は、水を打ったようにシンとなる。

ひざの上の小説《しょうせつ》に夢中《むちゅう》になっていたわたしは、不穏《ふおん》な空気に眉《まゆ》をハネた。

となりのコオリも、ねぼけ眼《まなこ》をこする。

「そもそも、全校生徒《せいと》が参加《さんか》できるパーティなんて、先生の許可《きょか》なしにできません。学校にはルールというものがあるのです。吉田《よしだ》先生があまりにユルかったせいで、かわいそうに、あなたたちはルールすら知らずに、くらしていたんですね」

怒《いか》れるドーベルマン不動《ふどう》の説教《せっきょう》は、「ルールとはなんぞや」から始まり、長い長い。

わたしは吉乃《よしの》先生のご新作『光《ひかり》の太郎《たろう》』をめくり、キャンキャン高い声の説教《せっきょう》を聞きながす。

そうそう、この本にも、国のルール作りのエピソードがのっていた。

最初《さいしょ》に日本のルールを定めた方といえば、「**倭国**《わこく》」のプリンス・**聖徳太子**《しょうとくたいし》さまだ。

「みんなで天皇《てんのう》をトップに、仲《なか》よくやってこーぜ！」的《てき》な、お役人の心がまえを決めたり、十二レベルの、色ちがい制服《せいふく》を作ったり。

ところが、太子《たいし》さまが亡《な》くなったあと、**蘇我《そが》**さんちがルールを破《やぶ》りまくったそうな。

こりゃいかんと、当時のプリンス・**中大兄皇子《なかのおおえのおうじ》**（のちの**天智天皇《てんじてんのう》**）が、「蘇我《そが》さん、調子にノリすぎちゃう？　ええかげんにせぇよ！」とやっつけた。

その中大兄皇子《なかのおおえのおうじ》が、新たに「日本はぜ～んぶ天皇《てんのう》のものだからね。平等に土地を貸《か》したるから、かわりに税金《ぜいきん》はらってくれよな♡」っていうルールを発動なさった。

彼《かれ》の弟プリンス・**大海人皇子《おおあまのおうじ》**（のちの**天武天皇《てんむてんのう》**）も、「**日本**」という国の名を決めたり、「天照大神《あまてらすおおみかみ》を、日本の神さまのトップにしようぜ」と決めたり。

こうしてぐんぐん「日本」のカタチができあがっていったのであるよっ。

今の日本があるのも、国の土台をトンテンカンコン大工事で作りあげた、「**スーパー働《はたら》き者皇子《ものおうじ》ブラザーズ**」のおかげなのだな！

その後で、ようやく日本初《はつ》の本格的《ほんかくてき》な法律《ほうりつ》といわれる、ルールブックができた。

これこそ**大宝律令《たいほうりつりょう》**！

「ルールを破《やぶ》ったら、竹のツエで百回たたくからカクゴしとけよ」的《てき》な罰《ばつ》が、「**律《りつ》**」。

「みなさーん！　こういうルールを守ってちょーだいねー！」っていうのが「**令《りょう》**」。

あわせて、「律令《りつりょう》」なワケだ。

な〜〜〜〜んて。

ドーベルマン不動《ふどう》の説教《せっきょう》が長すぎて、日本の律令《ルール》の歴史《れきし》をおさらいしてしまったぞ。

くどくどぶちぶちピリピリ、不動《ふどう》先生のお小言はエンドレスだ。

よっぽど里発案《さとはつあん》の「バレンタインデイズ」なる、浮《う》かれまくった計画が気に食わんのだろう。

うーむ。わたしはこっそり読書がはかどるが。

ちらりと教卓《きょうたく》まんまえの席《せき》をうかがうと、里《さと》は顔をうつむけている。

しょぼくれた犬のようで、なんだかあわれになってしまう。

……と同情《どうじょう》したのに。

ヤツは机《つくえ》のなかに手を入れ、なにやらゴソゴソ。

どうやら、机《つくえ》に隠《かく》したチョコを食べようとしているのだ。

「なにをやってるんですか、水谷《みずたに》さん」

「**ぴやコ！**」

さっそく先生にバレて、里《さと》は小さく飛《と》びあがる。

あいつ、アホだな。

「その手に持っているものをお出しなさい。言ったそばから、ルール破《やぶ》りですか」

「だ、だってぇ。もうお菓子《かし》持ってきちゃってたから、証拠《しょうこ》インメツしようと思って～」

里《さと》はぶちぶちと口をとがらせる。

「**ぜんぶ出しなさい**。ほかの生徒《せいと》も、今日、チョコを持ってきている人は、机《つくえ》に出して」

「**えええ～!?**」

教室中から悲鳴があがった。

「**出・し・な・さ・い!**」

パンッと、白てぶくろの手のひらを打ちあわせる。

みんなビクッと震《ふる》えたあと、おたがいをうかがい合いながら、カバンから机《つくえ》から、あげる予定の、または、もらったばかりのチョコを出す。

先生はそれを見て、フーッとケモノが威《い》かくするような息をはいた。

「まったく、どうしようもないっ。これはぜんぶルール違反《いはん》です。**先生が没収《ぼっしゅう》します**」

今度こそ、悲鳴が「**ギャアア!**」になった。

「そもそも、もらえたりもらえなかったりする生徒《せいと》がいるのは、不公平《ふこうへい》ですからね。教室ではみんな公平に。それから、水曜のみょうなパーティも、もちろん禁止《きんし》です。チラシも没収《ぼっしゅう》」

「**ウソでしょおコ!?**」

里《さと》がチラシとチョコの箱をかき抱《いだ》き、後ろにのけぞる。

「ふどっちが担任《たんにん》なんてヤダァ！　よっちゃんがいいーっ！」

里《さと》の叫《さけ》びに、不動《ふどう》先生はヒクッとこめかみを引きつらせた。

「あなたたちの将来《しょうらい》のためです。今からルールを守れないのでは、社会に出ても、まっとうな人間になれません。勉強に必要《ひつよう》なもの以外《いがい》は、**捨《す》てさせてもらいます**」

チラシのたばまでも、ヨーシャなくうばい取られた。

里《さと》は**ギャー！**　と、けさ斬《ぎ》りにされた武者《むしゃ》のような絶叫《ぜっきょう》をあげる。

先生は机《つくえ》のあいだをめぐって、次々《つぎつぎ》とチョコを没収《ぼっしゅう》していく。

まるで**阿鼻叫喚《あびきょうかん》の地獄絵図《じごくえず》**。

わたしはコオリと「大変《たいへん》なさわぎだな」とアイコンタクトを取ろうとしたが、彼《かれ》は静《しず》かにまぶたを閉《と》じ、熟睡《じゅくすい》のかまえ。

うむ。寝《ね》るコは育つ。

そして、隼士《しゅんじ》が朝もらったばかりのチョコも、不動《ふどう》にうばわれた。

彼《かれ》は申しわけなさそうに、くちびるを噛《か》んでいる。

その表情《ひょうじょう》に、わたしは彼《かれ》が告白《こくはく》してくれたときの、**一生懸命《いっしょうけんめい》な瞳《ひとみ》**を思い出してしまった。

そして今朝、彼《かれ》に想いを告《つ》げていた者も、同じように一生懸命《いっしょうけんめい》だった。

……もしかしたら、みんなが机《つくえ》にのせたあのチョコ一つ一つに、ああいう切なる想いが
こめられているのかもしれん。

あれも、ぜんぶ捨《す》てられてしまうのか。

――聖《せい》バレンタインさんががんばったから、今も世界中で続《つづ》く、歴史《れきし》あるイベントが生まれたんじゃやんっ。

さっきの里《さと》の言葉も、耳によみがえる。

「待たれよ、不動《ふどう》先生！」

わたしはほとんど無意識《むいしき》に、その場に立ち上がってしまった。

「天照《あまてる》さん？　なんでしょうか」

先生は、まさかわたしが口をはさむと思っていなかったのだ。

目を丸くして、こちらをうかがう。

里《さと》たちクラスメイトの視線《しせん》も、わたしに集まる。

「先生が五年一組律令《りつりょう》を定めたのは、つい先ほど。大宝律令《たいほうりつりょう》だって、実際《じっさい》に『じゃあこのルールでやってきましょー』となるまで、作り終わってから一年以上《いじょう》も間があった。今回いきなりルールを決めて、ハイ違反《いはん》は、あまりに横暴《おうぼう》じゃありませんかね」

「アミィちゃん……！」

里《さと》が目をうるうるさせて、わたしをおがむ。

先生はスンッとして、しばらく考えたあと、「いいでしょう」と教卓《きょうたく》に手をついた。

「たしかに予告《よこく》はしていませんでした。みんなも心の準備《じゅんび》が必要《ひつよう》でしたね。——では、このチョコは職員室《しょくいんしつ》で開封《かいふう》して、**全員に同じ数を配る**ことにします。それでこそ公平というものでしょう。ただし、必《かなら》ず家で食べるように。これを最後《さいご》に、このような特例《とくれい》も認《みと》めませんからね」

ぶえええ〜っと大きな不満《ふまん》の声が、いっせいに先生へ向かう。

それでも彼《かれ》の心は、動かざること山のごとし。

「もしも次にルールを破《やぶ》ったら、**罰《ばつ》を実行します**。――以上《いじょう》です」

やっとこさ、長すぎた朝の会を打ち切ってくれた。


先生が出て行ったあとの教室は、大さわぎだ。

「なんだよアイツー！　よっちゃん、早く帰ってきてぇっ」

「せっかく手作りしてきたのに、みんなに配るんじゃや、わたしがあげたかった相手にまわんないじゃん～！」

近くの女子グループも、涙《なみだ》ながらにくやしがっている。

彼女《かのじょ》たちの視線《しせん》の先は――、おや、**コオリだ**。

コオリに渡《わた》すつもりだったのか？

なるほど。いや、まァそうだよな。

外見の不良《ふりょう》っぽさと口の悪さに隠《かく》された、〝よき男子《おのこ》〟っぷりに、わたし以外《いがい》にも気づく者がいたって、おかしくない。

ほぉん……。学校一の最凶不良《さいきょうふりょう》が、実は隠《かく》れモテ男《おとこ》疑惑《ぎわく》、浮上《ふじょう》なり。

本人はまったく気づかず、眠《ねむ》たげに目をこすりながら、わたしに顔を向けてきた。

「なんか、ヤベーのがよっちゃんの代わりに来たな」

「う、うむ。たしかにヤベーのが来た」

あれ。なんで今、わたしは一瞬《いっしゅん》モヤッとしていたのだろう。

……これはよもや、友を取られたくないという、**ヤキモチか？**

つぐみも、親友の里《さと》があっちこっちに友だちを作るから、モヤっていた時期があったよな。

いやいやいやいやいや。

まさか、去る者追わず、来る者すら追いはらっていた天照和子《あまてるわこ》が、ヤキモチなどと。

そうそう、ヤキモチで思い出したが、「スーパー働《はたら》き者皇子《ものおうじ》ブラザーズ」の兄のほう、中大兄皇子《なかのおおえのおうじ》も、弟があまりにも〝デキすぎくん〟だったもので、ヤキモチを焼《や》いていたのだよな。

その圧《あつ》があまりに強すぎて、大海人皇子《おおあまのおうじ》も「兄ちゃんに殺《ころ》される……!?」と、一度はお坊《ぼう》さんになって逃《に》げだしたのだ。

しかし、その兄ちゃんが亡《な》くなったあと、弟は今までガマンした仕返しとばかり、彼《かれ》の子どもを殺《ころ》して、自分が天皇《てんのう》になっている。

う〜む。やはりヤキモチというのは、人をまどわせる恐《おそ》ろしいものだ。

わたしは自分にまとわりつくモヤつきを、頭のなかでパパッとはらい散《ち》らす。

コオリが新たに友を増《ふ》やそうが、恋人《こいびと》を作ろうが、我《われ》らが**「ナナシ打倒《だとう》の天命《てんめい》を共《とも》にする友」**であることに、変《か》わりはない。

そうだ。友がモテようが、なんのモヤモヤ要素《ようそ》もないのだっ。

「見て、コレ〜！」

大荒《おおあ》れの教室のなか、瀬戸《せと》がイスの上に立ち上がった。

彼《かれ》がじゃじゃじゃーんっと出したのは、おそらく義理《ぎり》のカケラであろう、極小《ごくしょう》の一つぶチョコ。

「先生、ボクはもらってないだろって、スルーしてったけどぉ。こっそり隠《かく》してたもんねー！」

おおーっと大きな拍手《はくしゅ》が起こり、瀬戸《せと》はあたかもクラスのヒーローのようである。

「証拠《しょうこ》インメツ〜ッ！」

彼《かれ》は満面《まんめん》の笑《え》みで、チョコを口に放りこむ。

が、あまりにのけぞりすぎたせいで、イスの上でバランスをくずした。

がったーん!

「**ぎゃん! げ、げほっ、ごほっ**」

みごとにひっくり返り、せっかくのチョコをノドにつまらせる。

先生が罰《ばっ》を食らわせるまえに、自主的《じしゅてき》に天罰《てんばつ》を食らいおったぞ……。

5 つきあってほしいのだ

放課後《ほうかご》、わたしは不動《ふどう》先生に職員室《しょくいんしつ》へ呼《よ》びだされた。

なんの用かと思えば、「クラスから優等生《ゆうとうせい》だけを集めて、放課後《ほうかご》勉強会をしよう」とのことだ。

みんなで仲《なか》よくお勉強――なんてヒマがあったら、わたしは歴史《れきし》にどっぷりひたりたい。

コンマ0秒で断《ことわ》り、待ってくれていた字消士《じけし》たちと、帰宅《きたく》の道を歩く。

「一組の担任《たんにん》代理は、そんなにヤバい人間だったんですか」

「うむ。よっちゃん先生とは正反対のタイプだったな。とにかく、シメつけがキビしい」

「よっちゃんが早いトコもどってこねぇと、あれが起《お》こりそうだよな。なんだっけ、あれ、『**赤ちゃん日本史《にほんし》**』にのってた、**ルン♪**みてーなヤツ」

「「ルン?」」

またおかしなことを言いだしたコオリに、わたしと礼《れい》はそろって眉《まゆ》をひそめる。

「待て、分かるかもしれん。……アッ、『乱《らん》』だな!? 権力者《けんりょくしゃ》に対する反乱《はんらん》の、乱《らん》っ！」

「あー、それだそれっ」

「バカが深刻《しんこく》に悪化してますね……。『大塩平八郎《おおしおへいはちろう》のルン♪』とか、あるはずねーでしょ」

「『大塩平八郎《おおしおへいはちろう》の乱《らん》』か。正義《せいぎ》のサムライ・平八郎《へいはちろう》さまは、江戸幕府《えどばくふ》のひどい政治《せいじ》に怒《おこ》って、庶民《しょみん》の味方となって反乱《はんらん》を起こしたのだよな。たしかにウチのクラスも、このままじゃ、**五年一組の乱《らん》**が起こりそうだ」

本日の授業《じゅぎょう》は、朝の会から帰りの会まで、重苦しい空気だった。

帰りぎわには、不動《ふどう》の予告《よこく》どおり、小ぶくろ入りのチョコが配付《はいふ》された。

ラッピングをはがされた、そっけないチョコが三つぶずつ。

バレンタインチョコのありがたみが、マイナス方向へふりきり限界突破《げんかいとっぱ》である。

「水谷《みずたに》のパーティ、出る気ねぇけど、ちょっとかわいそーだったよな」

「こちらのクラスでも、残念《ざんねん》がってる人が多かったですね。楽しみにしてたみたいです」

首謀者《しゅぼうしゃ》の里《さと》は、パーティのチラシも没収《ぼっしゅう》され、バレンタインデイズも絶望《ぜつぼう》。

三つぶチョコのふくろを手に、ヨロヨロと帰っていった。

しおれた背中《せなか》を思い出すと、しょんぼりが伝染《でんせん》した気分になる。

いつもうるさいくらいの、いいや、実際《じっさい》たいへんうるさい里《さと》が、あそこまでヘコむとはなぁ……。

四月のわたしだったら、むしろ不動《ふどう》先生サイドについて、「静《しず》かになってよかったよかった」と思っていたところだが。

わたしはマフラーを口もとまで引きあげ、息をつく。

見上げた二月の空は、すでにうす闇《やみ》のベールがかかっている。

よっちゃん先生が帰ってくれれば、クラスの問題は、まるっと解決《かいけつ》するのだよなァ。

彼《かれ》を取りもどすには、暗黒人間と一戦《いっせん》まじえねばならん。

ヤツも、ナナシも、必《かなら》ずたおさねばならん敵《てき》だ。

しかしコオリも礼《れい》も、字消士《じけし》のみなも、無事《ぶじ》でいてほしい。

そしてわたしもいけにえなんぞにならず、生きのびねばならん。

……そのためには、いつ戦《いくさ》となってもよいように、できるだけの準備《じゅんび》をしておかねばだ。

わたしはとなりを歩くコオリの、寒さに赤くなった鼻の頭をちらりとながめた。

――うむ。やはり、モヤモヤしたままでいるのは、よろしくない。

ラストサムライ天照和子《あまてるわこ》、**カクゴを決めよ！**

すでに天照家《あまてるけ》の門が見えてきた。

わたしはぴたりと足を止める。

「とつぜん、こんなコトを言って、申しわけない」

コオリと礼《れい》が数歩先で、けげんそうにこちらをふり向いた。

わたしは冷《ひ》えきった指をにぎりこみ、ごくりとノドを鳴らす。


「つきあってほしいのだ」


凍《い》て風《かぜ》が、我々《われわれ》のあいだを吹《ふ》きぬけた。

どさっ。

コオリがカバンを地面に落とす。

礼《れい》はメガネが鼻の根からズレる。

「つ、つつつ、つ、つき、つき？」

「……どっちに言ってます？」

キッツキ化したコオリと、一瞬《いっしゅん》目が赤く光った礼《れい》。

こんなにおどろかれるとは思わなかった。

わたしは彼《かれ》らを真剣《しんけん》に見すえ、大きくうなずいてみせた。

「二人にだ」

「まぁ、こんなことだろうと思いましたよ」

「いいけどよ……」

「すまんな、キミたちもなにかといそがしいのに、こんなことにつきあわせて」

我《われ》ら三人は、おばあちゃんの部屋をめざして、廊下《ろうか》をゆく。

とちゅう、コオリと礼《れい》の登場にわきたった両親が、**「いっしょにトレーニングしよう！」**

「胸筋《きょうきん》、背筋《はいきん》、三角筋《さんかくきん》なら、どの筋肉《きんにく》が推《お》し!?」などと、やかましくついてきたが。

わたしは後ろ手に、パンッとふすまを閉《し》めきった。

「では二人とも。**いざ！**」

「「オ〜〜……」」

そう。彼《かれ》らに「つきあってくれ」とたのんだのは、**おばあちゃんの部屋の調査《ちょうさ》**だ。

今日こそ、おばあちゃんのことを調べると、心に決めた。

父と母は「日《ひ》の御子《みこ》」についてはなにも知らなかった。

（二人そろって目を輝《かがや》かせ、「なにそれ強いの!?」「握力《あくりょく》なんキロレベル!?」だと）

ただ、母は「和子《わこ》になにかあったら、おキツネさんへ」と言われていたそうな。

現代《げんだい》の天照家《あまてるけ》で、日《ひ》の御子《みこ》の話を知っていたらしいのは、やはり、おばあちゃんのみ。

しかし彼女《かのじょ》は、おととしの年末《ねんまつ》、とうとつに亡《な》くなった。

その日以来《いらい》、この部屋の物はだれもさわらず、そのまま残《のこ》っている。

もしも日記やメモ書きなどが出てきたら、重大な情報《じょうほう》をつかめるかもしれん。

天照家《あまてるけ》も歴史《れきし》の古い家らしいから、日《ひ》の御子《みこ》についての先祖代々《せんぞだいだい》の歴史書《れきししょ》なんてものが、出てくる可能性《かのうせい》もあるよな。

「自分が日《ひ》の御子《みこ》だと知ったときから、この部屋を調査《ちょうさ》してみないととは、思っていたんだが……。なかなか、勇気《ゆうき》が出なかったんだ」

おばあちゃんはわたしの一番の仲《なか》よしだった。

彼女《かのじょ》の遺《のこ》したものを、一つ一つ調べる……なんて、冷静《れいせい》でいられる気がしない。

コオリと礼《れい》につきあってもらい、気を確《たし》かにしようなんて、まぁ、情《なさ》けない話なのだが。

「先に、和子《わこ》のばあちゃんにあいさつしていいか」

「ぼくも失礼《しつれい》します」

「お、おお。ありがとう」

部屋に仏壇《ぶつだん》があるのを見つけると、二人は線香《せんこう》をあげてくれた。

おばあちゃんは、先に亡《な》くなったおじいちゃんと一緒《いっしょ》にいたいからと、仏壇《ぶつだん》を部屋に置《お》いていたのだ。

「狐屋《きつねや》コオリです。和子《わこ》の友だちをやらせてもらってマス。どーぞ、よろしくお願《ねが》いします」

「狸原《たぬきはら》です。和子《わこ》さんと**友だち以上《いじょう》の仲《なか》になるかもしれません**。よろしくお願《ねが》いします」

「**アァ!?**」

「声デカいですね。うっさいですよ」

二人はヒジでこづき合いながらも、ちゃんと手を合わせてくれる。

その背中《せなか》に、わたしはじわじわとうれしくなってくる。

かんざしのまじないでおばあちゃんに会えたら、「友ができたよ」と報告《ほうこく》するつもりだったが、こうやって、仏壇経由《ぶつだんけいゆ》で会ってもらえばよかったのだよなァ。

おばあちゃんの魂《たましい》が無事《ぶじ》ならば、の話だが……。

胸《むね》の底《そこ》から、ふたたびモヤモヤがわき上がってきた。

い、いやいやっ。**無事《ぶじ》に決まっている！**

だがこのモヤモヤを消すためにも、やっぱり今のタイミングで、この部屋を調べておきたい。

「おばあちゃん。おばあちゃんの物を勝手にさわることを、許《ゆる》してほしい」

わたしも仏壇《ぶつだん》に手を合わせ、さて、と腹《はら》をくくった。

まずは、家の歴史《れきし》を知りたいとき、まっさきに手に取るべきコレ。

仏壇《ぶつだん》にそなえてある、「**過去帳《かこちょう》**」だ。

この帳面《ちょうめん》は、ご先祖情報《せんぞじょうほう》がまんさいなのだ。

実はこれ、江戸《えど》時代のショーグンがキリスト教を禁止《きんし》したとき、「みんな、キリスト教《きょう》徒《と》じゃないってショーコの書類《しょるい》を、お寺に作ってもらってな！」とルールを決めたのがルーツなのである。

わたしはその過去帳《かこちょう》を仏壇《ぶつだん》から取り、ジャバラの紙を開いてみた。

三人でパラパラめくっていく。

おばあちゃんの、あの世用の名前もしっかりのっている。

彼女《かのじょ》は徳《とく》の高い人がらであったから、性格《せいかく》を表す「**徳**《とく》」の字と、本名の「**豊由子**《とゆこ》」から一字もらって「**豊**」をくっつけ、「**徳豊**《とくほう》」。

そこに、〝仏《ほとけ》さまの弟子《でし》レベル名〟の「**大姉**《だいし》」をくっつけて、「**徳豊大姉**《とくほうだいし》」だ。

うむ。おばあちゃんにピッタリの、よき名である。

さらに紙をめくったところで、わたしは手を止めた。

「これはきっと、**松壱**《まついち》と**梅二**《うめじ》だ」

パッと目がとまったのは、「松《まつ》」の字が入った名、そしてとなりに「梅《うめ》」の字の名。

ちゃんとあの世名《めい》の横に、松壱《まついち》・梅二《うめじ》とメモがある。

先代の「日《ひ》の御子《みこ》」世代の双子《ふたご》だ。

数ページめくったところに、**小竹**《こたけ》という名を見つけた。

「この小竹《こたけ》さんは知ってるぞ。わたしのひいおばあちゃんだ」

「もしかして小竹《こたけ》という人、松壱《まついち》と梅二《うめじ》のきょうだいでは？　〝**松竹梅**《しょうちくばい》〟で」

礼《れい》に言われて、わたしは初《はじ》めて思い当たった。

「たしかに！」

松竹梅《しょうちくばい》は、縁起《えんぎ》のよい三点セットだ。

松《まつ》と梅《うめ》が双子《ふたご》なら、竹の名前も同世代につけそうだよな。

そうか、あの双子《ふたご》は、わたしのひいおばあちゃんの兄か弟だったワケだ。

コオリも「ふぅん」とのぞきこむ。

「和子《わこ》のひいばあちゃん、八十八で亡《な》くなったって書いてあんな。大往生《だいおうじょう》か？」

「うむ、きっとそうだろう。『百年ごとの日《ひ》の御子《みこ》』の世代で、この小竹《こたけ》さんだけは、ちゃんと生きのびたのだな」

そしてわたしのおばあちゃんを産《う》み、天照家《あまてるけ》の血を、次の日《わ》の御子《たし》までつないだのだ。

……ならばやっぱり、わたしがナナシに食われても、天照家《あまてるけ》の親せきのだれかが、百年ターンで、新たな日《ひ》の御子《みこ》を産《う》むのだろう。

そしてそのコもまた、ナナシに食われる。

「やはりこんなコトは、ここで終わりにせねばならんな……」

わたしは心に固《かた》く念《ねん》じながら、ページをめくる。

この過去帳《かこちょう》でさかのぼれるのは、二百年ほどだった。

江戸《えど》時代の終わりごろに、やはり七歳《さい》で亡《な》くなったコの名がのっていた。

たぶんこのコが、先々代《せんせんだい》の「日《ひ》の御子《みこ》」なんだろう。

——過去帳《かこちょう》から、松壱《まついち》たちとわたしの血のつながり方は分かったが、収穫《しゅうかく》はそれくらい。

文机《ふづくえ》の引き出しには、俳句帳《はいくちょう》。

ぱらぱら読んでみたが、日《ひ》の御子《みこ》関連《かんれん》のことは、なにも書いていていない。

礼《れい》もいっしょに帳面《ちょうめん》を確《たし》かめてくれるが、そちらにも、これといった記録《きろく》はないと。

——が、仏壇《ぶつだん》の引き出しを調べていたコオリが、声を上げた。

「これ、**うちの住所だ**」

「なにっ？」

彼《かれ》は引き出しをはずして、ゴトッと畳《たたみ》に置《お》く。

わたしたちは三人、おでこがぶつかりそうなほど近づいて、中をのぞきこんだ。

6 おばあちゃんとおキツネさん

一番上にのったメモに、狐屋家《きつねやけ》の住所が走り書きしてある。

そして中からは、おばあちゃん手書きのノートが、山ほど出てきた。

狐井《きつねい》、狐島《きつねじま》、狐崎《きつねざき》……、「狐《きつね》」がつく苗字《みょうじ》のリストと、そのわきに電話番号。

かたっぱしから電話をかけたのか、上から一本線で打ち消してある。

江戸《えど》時代と大正《たいしょう》時代の古い地図も、たくさん。

日本全土をカバーしているのではという量《りょう》だ。

やはりそちらも、「狐《きつね》」系《けい》の家に赤いしるしがつけてある。

わたしはごくりとノドを鳴らす。

「これはきっと、おばあちゃんが、『おキツネさん』を探《さが》していたときの記録《きろく》だよな」

おばあちゃんは日本中の「狐《きつね》」がつく苗字《みょうじ》の家を調べて、めあての狐屋家《きつねやけ》まで、自力でたどり着いてくれたんだ。

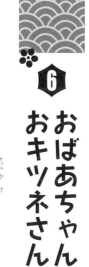

その大量《たいりょう》のメモに、ぶるりと胸《むね》が震《ふる》える。

「なるほど。天照《あまてる》さんのおばあさんからしたら、小竹《こたけ》さんは母親ですもんね。双子《ふたご》のおじいさんが、子どものうちに亡《な》くなったのも聞いていたでしょうし。過去帳《かちょう》を見たら、百年に一人ほど、早く死んでしまうコがいる。なにかヘンだと、気づいたかもしれません」

「そうだよな。百年ごとにユーレイが視《み》えるコが生まれて、そのコは必《かなら》ず七歳《さい》あたりで亡《な》くなるというのは、ふつうじゃない。おばあちゃんは『おキツネさん』の存在《そんざい》は知っていたんだから、天照家《あまてるけ》には、狐屋家《きつねやけ》のことも、うっすらと伝《つた》わってたんだろう」

礼《れい》は考えながら、ゆっくりとうなずいた。

「『日の御子《アマテル》にふれるな』のオキテができる前は、おそらく、天照家《あまてるけ》がなくならないように、字消士《じけし》一族がしっかりと守っていたでしょうからね」

長い歴史《れきし》のなかで、天災《てんさい》や戦争《せんそう》もあった。

日《ひ》の御子《みこ》がちゃんと生まれ続《つづ》け、ここまで家が絶《た》えずに続《つづ》いてきたのは、奇跡《きせき》レベルの話かもしれん。

しかしうっかり天照家《あまてるけ》が消えたら、日《ひ》の御子《みこ》がいなくなってしまう。

きっと、なにかあったら、**字消士《じけし》が助けにきてくれていた**んだろう。

「そうしたら、『いざという時に助けてくれる、おキツネさん』がいるらしい、くらいは、おばあちゃんにまで伝《つた》わっていても、ふしぎじゃないよな」

おばあちゃんは、ちょうどその百年ターンにあたるわたしを心配して、「助けてくれるらしいおキツネさん」を探《さが》しあててくれたのだ。

天照家《あまてるけ》も、ただナナシに食われ続《つづ》けていたわけじゃなかった。

おばあちゃんは、わたしをなんとか助けようとしてくれた。

そのおかげで、**わたしは今、ここに生きている……！**

熱《あつ》いものが、胸《むね》にこみ上げてくる。

梅二《うめじ》たちは、狸原家《たぬきはらけ》にあずけられている間に、ナナシに食われてしまったが。

その時の天照家《あまてるけ》の家族は、「七つで死ぬコを、助けてやって」と期待をかけて、二人をあずけたのかもしれんよな。

たぬきだけに、キツネの仲間《なかま》かもしれんと思ったりして。

わたしはそこまで語って――。

真剣《しんけん》にこちらを見つめるコオリと礼《れい》に、思わず、ふふ、と笑《わら》った。

「しかし、おとぎ話の世界だな。こまったときに、キツネを名のる人間があらわれて、ヒョッと助けてくれたら、『キツネが化《ば》けて助けてくれたのかも』なんて、思っちゃいそうだ」

「それな。**マジでおとぎ話になってる**らしいぜ」

「なんと？　コオリくん、まことか」

「よく、おとぎ話に出てくる、『キツネが助けてくれた』みてぇな話、**実は狐屋家《きつねやけ》の字消《じけ》士《し》**だったりするっての、事務長《じむちょう》から聞いたことある」

「**んな……っ！**」

　わたしはノートを畳《たたみ》に置《お》き、ガバッとコオリに飛《と》びついた。

「それはつまり！　日本の歴史《れきし》にたくさん登場するキツネの話も、狐屋家《きつねやけ》だったりするかもしれんのかっ？　たとえば、**中臣鎌足《なかとみのかまたり》**さまへ、お守りのカマをプレゼントしてくれたキツネだったり、鎌倉幕府《かまくらばくふ》をひらいた**源頼朝《みなもとのよりとも》**公《こう》に、『平氏《へいし》をたおすために、戦《たたか》うのだ〜！』とアドバイスしたキツネだったりっ。その弟の**義経《よしつね》**公《こう》も、鳴らすとキツネが助太刀《すけだち》に来るという、マジカル太鼓《たいこ》を持っていた。そう、イイ人すぎ武将《ぶしょう》・**佐竹義宣《さたけよしのぶ》**公《こう》におつかえしたキツネは、秋田と江戸《えど》をたった六日のダッシュで移動《いどう》できたことから、忍者《にんじゃ》だったのでは説《せつ》があるがっ、日本の歴史《れきし》にはキツネがいっぱいいだぞ！　**ぜんぶきみんちの話なのか⁉**」

いっぺんにしゃべりまくったわたしに、コオリはズリッとおしりで後ずさる。

「ぜんぶかは分かんねーけど、か、顔が近《ちけ》ぇぞ」

「**分かんねぇのかっ!?**　なんともったいないコトだ！　ぜひとも今度、事務長《じむちょう》にそのあたりの話をうかがいたいものだっ」

「今の若《わか》がおとぎ話に残《のこ》ったら、真《ま》っ赤《か》な顔の、**赤ギツネの伝説《でんせつ》**になりそうですねー」

礼《れい》が小《こ》バカにしながら、引き出しの中をさぐる。

すると、彼《かれ》はなにか発見したのか、まじまじと手もとをながめた。

わたしを盗《ぬす》み見ると、なぜかほっぺたをほんのり赤くして、サッと目をそらす。

「「なんだ？」」

「なんでもないです」

彼《かれ》は急いで、それを引き出しにもどす。

コオリと二人で顔をよせると、なんということはない、ただの写真じゃないか。

縁《えん》がわで、わたしがおばあちゃんと歴友活《れきともかつ》

動《どう》をしているところだ。

たしか大河《たいが》ドラマについて語りあっていたタイミングで、わたしはめちゃくちゃ楽しそうな、全開の笑顔《えがお》。

おばあちゃんは、ふんわりと優《やさ》しくほほ笑《え》んでいる。

「ふふ。おばあちゃんは美しい人だろう。礼《れい》くんが赤だぬきになるのもナットクだ」

「ソーデスネ」

礼《れい》はみょうに硬《かた》い声で返してくる。

「……**和子《わこ》のばあちゃん？**」

そしてコオリは、さらに硬《かた》い、いや、震《ふる》え声《ごえ》でつぶやいた。

震《ふる》えるほどに、美人と思ってくれたか。

わたしはほこらしい気持ちでうなずき、なつかしい写真を手に取る。

こうやって笑《わら》いあっていた日から、まだ一年と少ししかたっていないのに、わたしのまわりはずいぶんと変《か》わってしまった。

まさか、おばあちゃんが亡《な》くなり、バケモノに命をねらわれる日々《ひび》になるなんてナァ。

「おばあちゃんは、わたしがオトナになったら、天照家《あまてるけ》に伝《つた》わる話をしてくれるつもりだったのかもな。あまりに急に亡《な》くなったから、きっと伝《つた》えそこなったのだ」

「急？　……聞いていいのか分かりませんが、どんなふうに」

礼《れい》がめずらしくエンリョがちだ。

写真から目をもどせば、礼《れい》もコオリも、真剣《しんけん》な顔をしている。

彼《かれ》らも、おばあちゃんがナナシやウバワレとなにかあったのではと、疑《うたが》っているのだろうか。

◇◆◇◆◇◆◇◆◇◆

忘《わす》れもしない。

あれは信長公《のぶながこう》の大河《たいが》ドラマ最終回《さいしゅうかい》をひかえた、夕方だ。

わたしは夜の放送時間のために、公《こう》が亡《な》くなった「**本能寺《ほんのうじ》の変《へん》**」の復習《ふくしゅう》をしていた。

その時、おばあちゃんが外へ出て行くような物音がしたのだ。

わたしはユーレイが元気いっぱいになる夕方以降《いこう》は、なるべく外出しない。

それゆえか、おばあちゃんもずっと家にいてくれた。

なのに、今日はどうしたんだろうと思ったのだ。

しかしわたしは、本の続《つづ》きが気になって、歴史《れきし》の世界へもどってしまった。

――そして。

夕ごはんの時間になっても、彼女《かのじょ》は帰ってこなかった。

家族のだれも、行き先を聞いていない。

父と母がさがしに出て、わたしは家に一人、おばあちゃんが「心配しすぎよ」なんて笑《わら》いながら帰ってくるのを待ち、ひたすらソワソワしていた。

そして大河《たいが》ドラマがスタートする直前。

静《しず》まりかえった部屋に、電話の音が大きく鳴りひびいた。

それはおばあちゃんからでも、親からでもなく。

……病院からだったのだ。

「外でたおれていたおばあちゃんを見つけて、救急車《きゅうきゅうしゃ》を呼《よ》んでくれた人がいたんだ。だがすでにその時には、心臓《しんぞう》が止まって、亡《な》くなっていたそうだ」

なるべく心が荒《あら》ぶらないよう、わたしは事実だけを、たんたんと語る。

コオリは息をつめて聞いてくれるうちに、顔がまっしろになってしまった。

話に区切りがついたところで、礼《れい》がゆっくり口を開く。

「もともと、なにかご病気は？」

「**ない**。しかしそれでも、急な心臓発作《しんぞうほっさ》で亡《な》くなることは、まぁ、あるらしいな。遺言《ゆいごん》の手紙もなかったし、おばあちゃんにとっても、まったく予想外だったんだろう」

わたしは写真のおばあちゃんに目を落とす。

……しかし。

今までスルーしていた不自然《ふしぜん》なことが、今、モヤッと胸《むね》に立ちのぼってきた。

ふだんはしない、とつぜんの夕方のさんぽ。

だれにも声をかけず、財布《さいふ》も持っていなかったのだから、すぐもどるつもりだったのだろう――と思っていたが。

今考えると、ユーレイが動きはじめる時間に、急に外に出なきゃいけないような、わたしに声をかけたくないような、なにかが起こっていたとか？

血《ち》の気《け》がスウッと引いていく。

冷《つめ》たくなった指で、髪《かみ》のかんざしにふれた。

このかんざしで、おばあちゃんに会えるはずなのに、会えなかった。

それは、彼女《かのじょ》の魂《たましい》が、あの世にいないから？

暗黒人間も黄泉《よみ》の国で、「ここにはいない」と言っていた。

それが真実だとしたなら。


……あの日、おばあちゃんは……？


ダメだ。

これ以上《いじょう》、みょうな考えを進めたらキケンだぞと、わたしの本能《ほんのう》が「待った」をかけている。

「和子《わこ》」

コオリに呼《よ》びかけられて、わたしは思考を止めた。

「悪《わり》ぃ。オレ、用事を思い出した。帰るわ」

「う、うむ？」

「若《わか》に用事なんてありましたっけ」

急に立ち上がったコオリに、礼《れい》までおどろいている。

「……不動《ふどう》せんせーに、プリントちゃんとやってこいって、帰りがけに言われた」

「おお、そうか。エラいな」

たしかに三十枚《まい》だかを全部かたづけるつもりなら、さっさと帰るべきだろう。

わたしもコオリとともに六年生に上がりたいゆえ、止められん。

礼《れい》のほうは、もうしばらく残《のこ》ってくれて、二人でおばあちゃんの部屋を調査《ちょうさ》しおえた。

結局《けっきょく》、過去帳《かこちょう》と狐屋家《きつねやけ》をさがすためのメモ以外《いがい》は、これといったものは見つからず。

日の御子《ひみこ》についての歴史書《れきししょ》なんてものも、出てこなかった。

おばあちゃんはたぶん、「百年に一度、早死にするコが出る。そのコはたぶん、ユーレイに関《かか》わることで死んでしまうのだろう」くらいしか、知らなかったんじゃないかな。

礼《れい》を玄関《げんかん》で見送ったあと、わたしは一人で、おばあちゃんの部屋にもどった。

引き出しから出した写真を、仏壇《ぶつだん》にかざる。

「おばあちゃん。どうだ、今日来てくれた二人は、よき男子《おのこ》だろう。安心してほしい。わたしには、彼《かれ》ら同志《どうし》がいる。きっとナナシをたおして、天照家《あまてるけ》の子どもが、二度と食われんようにしてみせるからなっ！」

両手を合わせ、力強く宣言《せんげん》して――。

しかしやっぱり、夢《ゆめ》で会って、直接《ちょくせつ》言えればよかったなんて、未練《みれん》がましいことを考えてしまった。

7 トキメキはとつぜんに

「で、きのうの宿題は終わったのかね」

「二枚《まい》やった」

「三枚《まい》……」

翌朝《よくあさ》、五年一組への階段《かいだん》をのぼりながら、わたしも礼《れい》も半眼《はんがん》になった。

「バカさま、きのうずっと部屋に閉《と》じこもってたじゃないですか。それで二枚《まい》？」

「うっせー。悪かったな」

コオリの目もとは、赤くハレぼったい。

寝《ね》ぶそくになるほど、がんばっていたのだろうとは思うが……。

今日の不動《ふどう》も、ビシバシやるつもりだろうが、コオリは生《い》き残《のこ》れるのだろうか（成績的《せいせきてき》に）。

と、階段《かいだん》を先にのぼっていた礼《れい》が、ぴたっと足を止めた。

わたしはその背中《せなか》にぶつかりそうになる。

「礼《れい》くん？　はやく行きたまえ」

そう言ったあとで、階段《かいだん》の先を見上げ――――、ザワッと背《せ》すじがあわだった。

なにか、イヤな気配がある。

うっかりユーレイに出くわしてしまった時のような。

「……なんか、**いるな**」

コオリも赤い両眼《りょうがん》をぎらりと光らせる。

「こ、こんな朝っぱらからか!?」

「朝日の時間に幽霊《ゆうれい》が出んのはめずらしいから、ウバワレか？」

「その可能性《かのうせい》もありそうですね」

コオリと礼《れい》が注意深く階段《かいだん》をのぼっていく。

ぐ、ぐぬぅっ。もはや早退《そうたい》して、家でぬくぬく読書していたいところだがっ。

ウバワレだったなら、名前をうばわれて、おこまりの歴史人物《れきしじんぶつ》がいらっしゃるということだ。

この歴女《れきじょ》・天照和子《あまてるわこ》、歴史人物《れきしじんぶつ》の御《おん》ピンチをスルーできん……！

わたしは苦渋《くじゅう》の決断《けつだん》でメガネをかけなおし、字消士《じけし》の後をついていく。
なにかのまちがいであってくれ。
よっちゃん先生のゆくえ不明《ふめい》も解決《かいけつ》していないのに、ウバワレまで発生なんて、カンベンだぞ……！

「きゃああ！」

だれかの悲鳴だ。声の方角は、我《わ》がクラス！
冷《つめ》たい予感に、我々《われわれ》は全力ダッシュで教室に飛《と》びこむ。

――すると。

「きゃあぁ～♡」

瀬戸《せと》がなぜか、クラスの女子にお姫《ひめ》さまダッコされて、黄色い声を上げている。

「バナナの皮をふんでコケるなんて、瀬戸《せと》はドジだねぇ♡」

「ごめんなさい……♡」

きらきらの瞳《ひとみ》で見つめ合う二人に、わたしたちは戸口でぽかんと立ちつくす。
そしてちょうど奥《おく》の戸口から駆《か》けこんできた者は、なぜか食パンをくわえている。

「ホゲゲホゴホゴヒュ−フボ！（ちこくギリギリセーフだ！）」

彼女《かのじょ》は、サッカーボールをロッカーにしまいに来た三団子《さんだんご》と、正面ショートッ！

どんっ！

「ごめん！」

「こちらこそデスッ！」

その二人も、顔を見合わせたとたん、おたがい瞳《ひとみ》がハートマークになる。

クラスのあっちこっちで、同じような**トキメキ事案《じあん》**が同時多発中だ。

「な、なにごと……？」

教室全体がふんわりと、**桃色《ももいろ》オーラ**に包《つつ》まれている。

これは、バレンタインデイズ効果《こうか》なのか？

コオリと礼《れい》と、三人で顔を見合わせる。

いやしかし、すぐそこの女子二人は、平常心《へいじょうしん》だ。

「マジでぇ？　きのうの宿題プリント、一枚《まい》もやってきてないの？」

「ちょっと寝《ね》てからやろうと思ったら、もう朝だったんだよ。ヤバイ〜ッ！」

彼女《かのじょ》たちに、なにが起こっているのかとたずねようとした、その時だ。

「……**トキメキビィィィーム……ッ**」

ぽそっと小さな声が耳に入った。

視界《しかい》のハシを、ハートの形をした光線が、ぴろぴろと横切ってゆく。

なんだコレは。

だれも気にしていないというコトは、みんなには視《み》えていない？

そして、そのビームは、わたしが話しかけようとした女子に命中した。

彼女《かのじょ》がおしゃべり中の相手と視線《しせん》をかわした、その瞬間《しゅんかん》。

ほわぁぁん♡

二人のあいだに桃色《ももいろ》オーラが立ちのぼった！

「不動《ふどう》の宿題をやってこないなんて、あんた、**おもしれーオンナだな**」

「そ、**そんなんじゃないもんっ**♡」

二人は「**オレさま男子**」シリーズに出てくるようなシチュエーションそのもので、うっ

とりとおたがいを見つめ合う。

ま、まるで恋《こい》の魔法《まほう》をかけられたようだっ。

今の状況《じょうきょう》からして、ハートビームが当たると、目の合った相手と**トキメキ・シチュエー**

ションが発生し、**トキメキ☆トゥインクル**してしまう!?

さっきのビーム、**ウバワレ**の**強制**《きょうせい》**トキメキ☆トゥインクル攻撃**《こうげき》**か**っ。

そしてビームを発した声は、おそらく……！

一番まえの席《せき》を見やれば、やはりだ。

水谷里《みずたにさと》はめずらしく教科書を読むフリをしているが、その裏《うら》から、ペンについたハートのかざりがのぞいている。

あれでトキメキ魔法《まほう》、もとい、ウバワレ攻撃《こうげき》をしかけている？

ということは、**里**《さと》**がウバワレに憑**《つ》**かれているのか!?**

「二人とも、今のを見たか」

字消士《じけし》たちはうなずき、礼《れい》はすぐに消札《けしふだ》を指にはさむ。

「待てよ、礼《れい》。消札《けしふだ》を使うのは、名前を書いてからだって言ってんだろ」

「なら、さっさとウバワレの正体を当ててくださいよ」

コオリに手を押《お》しさげられて、礼《れい》は不満《ふまん》げにわたしをにらむ。

「そう言われてもな……っ」

里《さと》に憑《つ》いてるのはまちがいないんだろうが、目をこらしても、彼女《かのじょ》の後ろにはなにも視《み》えん。

モノに憑《つ》いているとしたって、攻撃中《こうげきちゅう》の現行犯《げんこうはん》なのだから、教室にはいるはずだ。

どこにおられるのだ？

そしてトキメキビームを撃《う》ってきそうな、歴史人物《れきしじんぶつ》とは……？

「ええいっ、魔法《まほう》のペンでトキメキビームなんて、そんな魔法少女《まほうしょうじょ》のごとき歴史人物《れきしじんぶつ》がいてたまるか！　水谷里《みずたにさと》本人か、**『オレさま男子』**シリーズの作者くらいしか思いつかんっ」

叫《さけ》んだわたしは、ぎくりとした。

視界《しかい》のスミから、こちらにハートビームが接近《せっきん》してくるっ。

そして里《さと》は、**ニチャア**……ッと、ねちっこく笑《わら》っているではないか！


あなやっ。相手が里《さと》だからと油断《ゆだん》した。

わたしにまで撃《う》ってきおったゾ！

「**和子《わこ》！**」

しかし寸前《すんぜん》、コオリがわたしを抱《だ》きこんだ。

かわりに、彼《かれ》の背中《せなか》にビームが直撃《ちょくげき》だ！

「うおっ!?」

衝撃《しょうげき》にたたらをふんだ彼《かれ》を、わたしは思わず真正面《ましょうめん》から見てしまった。

そしてコオリもわたしに視線《しせん》を向ける。

「「あ……っ」」

ばちんっと目が合った。

ほわぁぁん♡

とたん、彼《かれ》の体から桃色《ももいろ》オーラが立ちのぼる。

こ、これは、コオリがわたしにトキメキ待ったなし!?

「ま、待てコオリくんっ。我《われ》らは友なり！　冷静《れいせい》にいこうじゃないかっ」

コオリはこわばった顔でわたしを見つめ、……………「あれ？」と目を丸くした。

「――**なんともねぇ**」

「わ、わたしに、**トキメキきゅんきゅん**♡は？」

「フツーだな？」

「なーんだ、つまんないですね」

礼《れい》はいつの間《ま》にか、消札《けしふだ》のかわりにスマホカメラを向けやがっておる。

「字消士《じけし》には効《き》かんのか」

一般人《いっぱんじん》とは、心のきたえ方がちがうってコトかもしれん。

「あっぶなかったァ……！」

コオリはホーッと胸《むね》をなでおろすが、わたしにときめくのが危《あぶ》なかったとは、どういう意味ぞ。

無礼《ぶれい》が極《きわ》まっている気がするが、とにかく、これ以上《いじょう》のイタズラはさせん！

「里《さと》よ、いいかげんにせんか！」

わたしはズカズカ教室に入っていく。

「えぇ～？　わたし、なーんにもしてないよぉ？」

しらばっくれる里《さと》の手から、魔法《まほう》のステッキならぬハートペンをうばった。

「あぁん、返してよぉ！」

「キミがこの浮《う》かれさわぎの犯人《はんにん》であろうっ」

ジタバタする里《さと》のおでこを押《お》さえこみつつ、問いただそうとしたが。

——里《さと》と引っぱりあうペンの、桃色《ももいろ》ハートの中で、なにかが動いた。

白っぽい、小さな球体。

小さすぎてよく見えんが、……生首じゃないかぁっ！

「**キャ……、キャライコセラス・ナビキュラレッ！**」

悲鳴をあげそうになったわたしは、両手をバンザイ！

叫《さけ》びは危《あや》ういところで、中生代白亜紀後期《ちゅうせいだいはくあき》の**アンモナイト**の名にすりかえた。

い、今の生首、ユーレイだっ。

ならば、これが里《さと》に憑《つ》いているウバワレ!?

ペンの中に隠《かく》れていたとは！

「わ〜ん、大事な読者プレゼントがぁ〜！」

床《ゆか》に転がったペンを、里《さと》があわてて拾おうとする。

だが先に、コオリがそれを取った。

「水谷《みずたに》。このペンは、ユーレイが憑《つ》いててヤベェんだよ。オレたちがあずかる」

「イヤだよぉっ。わたしのだもん！」

うばい返そうとする里《さと》を、コオリは腕《うで》を上げて遠ざける。

「すぐ返すっつの」

「返して〜〜！」

ぴょんぴょんジャンプするが、身長差《しんちょうさ》からして、とどくワケがないのだ。

よしっ、今回はこの場で成仏《じょうぶつ》させて、最速解決《さいそくかいけつ》なりっ。

ウバワレどのっ、正体を明かされぃ！

生首を凝視《ぎょうし》するカクゴを決め、ペンをのぞきこもうとした、その時だ。

だれかが、コオリの手からペンを取りあげた。

わたしたちはいっせいに、その腕《うで》の主《ぬし》をふり返る。

「**げっ**」

わたしとコオリは声をそろえた。

礼《れい》は眉《まゆ》を上げ、里《さと》は「**ギャッ**」と悲鳴をもらしたあと、急ににっこり笑顔《えがお》を作る。

「ふどっちぃ〜、ヒドいんだよ。狐屋《きつねや》くんが、わたしのペンを取ろうとするんです〜！」

「テメッ、水谷《みずたに》！」

なんと華麗《かれい》な告《つ》げ口《ぐち》だ！

不動《ふどう》はやはり、口をへの字に曲げて、コオリをにらみつける。

「さすがは問題児《もんだいじ》の最凶不良《さいきょうふりょう》ですね。これは**ドロボウ行為《こうい》だ**」

「ちげーっつの。ちょっと貸《か》せって言っただけだ」

「イヤがっている人に貸《か》せというのも、ドロボウと同じです。水谷《みずたに》さんもいけません。さわぎになりそうなモノを、学校に持ちこまない」

「はぁい……、すみませぇん」

里《さと》はペンを受けとりながら、こっそり舌《した》を出している。

まんまとやられた我々《われわれ》は、ぐぬぅっとうなる。

里《さと》め、ウバワレ生首ペンなど持っていたら、自分がキケンなのだぞっ。

「先生。我《われ》らは諸事情《しょじじょう》あり、そのペンが必要《ひつよう》なのです。必《かなら》ず本人に返すゆえ、しばし借《か》りることを許《ゆる》されたい」

「まったく、天照《あまてる》さんまでなんですか。ダメな不良《ふりょう》から引きはなさないから、せっかくの優等生《ゆうとうせい》まで悪くそまってしまったんだ。**吉田《よしだ》先生は、本当に役立たずだったんだな**」

「「「**アア？**」」」

コオリにつられて、わたしと礼《れい》までも、ガラの悪い声が出た。

この不動《ふどう》という教師《きょうし》、いちいちいちいちいち、しゃべるコトに要《い》らんトゲがあるな。

そして不動《ふどう》は、表情《ひょうじょう》ひとつ変《か》えずに教壇《きょうだん》へ向かう。

里《さと》はペンを手に、ピュンッと自分の席《せき》へ逃《に》げていった。

「……ぼくは二組にもどりますけど。あのウバワレの正体、さっさと考えといてください
よ」

礼《れい》に耳打ちされて、わたしはうなずく。

彼《かれ》が教室を出て行くのを見送って、わたしとコオリも席《せき》についた。

いずれにせよ、正体が分からないと、消札《けしふだ》は使えん。

ペンのほうに憑《つ》いているなら、あのウバワレは、里《さし》の名をうばうつもりはないのか？

いやしかし、ウバワレというのは、自分の名をナナシに食われてしまって、不安《ふあん》でしょうがなくなって、人間の名をうばおうとするんだよな？

……あのウバワレは、トキメキビームで生徒《せいと》たちをときめかせているだけだ。

なにがやりたいんだろうか？

分からんが、さっきハートにのぞいた「生首」は、小さすぎて性別《せいべつ》すら分からなかった。

このまま里《さと》とウバワレを泳がせて、情報《じょうほう》をゲットするしかないか。

――しかしだな。
不動《ふどう》が教壇《きょうだん》でイライラしているのに、みんな桃色《ももいろ》オーラにきゃっきゃソワソワして、静《しず》まる気配がない。
落とした消しゴムを拾おうとして、手がふれあっては**キャッ**♡
ふと視線《しせん》がぶつかっては**キャッ**♡
朝の会スタートのチャイムが鳴っても、だれも耳に入っておらん。

バンッ。

いよいよ、キレた不動《ふどう》が、黒板に「五年一組ルール」の紙をたたきつけた。
「あーっ、もう！　**本当にダメな人たちですね！**」
みな、その大声にビックリして、彼《かれ》に注目する。
不動《ふどう》は太いペンで、新たなルールを書きくわえてゆく。

五年一組ルール
・教室へのお菓子《かし》の持ちこみ禁止《きんし》
・交際禁止《こうさいきんし》

・ケンカ禁止《きんし》
※ルールを破《やぶ》った場合、罰《ばつ》があります。

「みなさんの浮《うわ》つきようは、あまりにヒドい。今日からは本気で、ルールを守る生活をしてもらいます。万が一ルールを破《やぶ》ったときには……、**罰《ばつ》ですよ**」

ドーベルマンの威《い》かくの眼光《がんこう》に、クラスの桃色《ももいろ》空気は一転、凍《こお》りついた。

8 犯人《はん》人《にん》をとらえよ！

翌日《よくじつ》、ドーベルマン不動《ふどう》が担任代理《たんにんだいり》になってから、およそ一週間。

そして本日が、バレンタインデー当日だ。

「う〜〜っ、寒《さ》っみぃな」

「うむ。しかし、平安《へいあん》時代の終わりごろや戦国《せんごく》時代の、ミニ氷河期《ひょうがき》よりはマシなのだろうなァ」

わたしはホッカイロをもみもみ、肩《かた》をちぢこめる。

こんな朝も早《は》よから、吹《ふ》きっさらしの昇降口《しょうこうぐち》で震《ふる》えているのには、ワケがある。

不動《ふどう》が見ていないところで、里《さと》をとっつかまえるのだ。

里《さと》は、話せば通じる相手のはず。

なにしろつぐみがウバワレに憑《つ》かれた一件《いっけん》ののち、文化祭やクリスマス会でも、我々《われわれ》のゴーストバスター的《てき》事件《じけん》に巻《ま》きこまれている。

あやつだって、ユーレイ憑《つ》きのペンを使い続《つづ》けたらヤバいだろうと、気づいてはいるはずだ。

なのに、「そのペンをいったんあずけろ」と何度たのんでも、「ケンカ禁止《きんし》です〜ぅ！」と、一組ルールを逆手《さかて》に取って、まったく耳を貸《か》さん。

そのうえ読書クラブすらサボって、一瞬《いっしゅん》で学校から消えおった。

放課後《ほうかご》、水谷家《みずたにけ》をたずねてみたが、**みそとしょうゆ**（犬）のさんぽで不在《ふざい》。

しばらく待ってみたが、姿《すがた》をあらわさなかった。

まったく、あやつにふり回されまくりの一日だった。

そんなワケで、今日こそは——と、学校の開門からスタンバイしているのである。

里《さと》のウバワレについては、キテレツな「トキメキビーム」のほかは、情報《じょうほう》ナシ。

現時点《げんじてん》じゃ特定《とくてい》できん。

あのビームを、**「人と人とを愛《あい》で結《むす》ぶ」**攻撃《こうげき》だと考えたら、正体は聖《せい》バレンタインさまの線が濃《こ》いか？

しかし、聖《せい》バレンタインさまについて調べてみたところ、伝説《でんせつ》の元ネタの「バレンタイン」という名の御方《おかた》は、三人いらしたらしい。

どうやら三人ぶんの伝説《でんせつ》が合体して、今の「聖《せい》バレンタイン」さまとなったようなのだ。

「コオリくん。そういった合体変形《がったいへんけい》ロボ的歴史人物《てきれきしじんぶつ》も、ナナシに食われたりするのか？」

「いや……、分かんねーな。そういう話は聞いたことねぇけど」

「そうか。前例《ぜんれい》はないのだな……」

昇降口《しょうこうぐち》のカサ立てに腰《こし》をおろしたわたしたちは、そろって首をひねる。

ほかに「愛《あい》」の歴史人物《れきしじんぶつ》といえば、金ぴかの「愛《あい》」という漢字をそのままカブトにのっけた、愛《あい》の武将《ぶしょう》・**直江兼続《なおえかねつぐ》**公《こう》。

しかし彼《かれ》のモットーである「愛《あい》」は、「民《たみ》に優《やさ》しく」という意味とかで、恋愛《れんあい》の意味ではないのだよなァ。

恋愛《れんあい》で有名な歴史人物《れきしじんぶつ》ならば、**在原業平《ありわらのなりひら》**さまと**藤原高子《ふじわらのこうし》**さまの御《おん》カップル？

お二人は、政治《せいじ》に愛《あい》を引きさかれた、平安《へいあん》時代のロミオとジュリエットだ。

ほかには……、三角カンケーな恋《こい》のヒロイン、**額田王《ぬかたのおおきみ》**さまの可能性《かのうせい》もあるか？

彼女《かのじょ》は、日本最古《さいこ》のベスト和歌《ソング》ブック『**万葉集《まんようしゅう》**』にラブソングが掲載《けいさい》された、超《ちょう》・有名歌い手だが、二人のプリンスの間でうばいあいになったという御方《おかた》だ。

（そしてそのプリンスとは、あの「スーパー働《はたら》き者皇子《ものおうじ》ブラザーズ」、中大兄皇子《なかのおおえのおうじ》と大《おお》海人皇子《あまのおうじ》のご兄弟である！）

情熱《じょうねつ》の恋《こい》の伝説《でんせつ》といえば、お江戸《えど》の町娘《まちむすめ》・**梅乃《うめの》**さま。

彼女《かのじょ》は通りすがりの美少年にひとめぼれして、美少年の着物と同じガラのふりそでを作ってもらうのだが、再会《さいかい》できぬまま、はかなく病死。

そのふりそでは売りに出され、手に入れた娘《むすめ》を、次々《つぎつぎ》と呪《のろ》い殺《ころ》すことになる。

「呪《のろ》いのふりそで、マジやべぇ」と焼《や》こうとすると、ふりそでは空に舞《ま》いあがり、お江戸《えど》を半分も焼《や》きつくす**「ふりそで火事」**こと**明暦《めいれき》の大火《たいか》**の元凶《げんきょう》となった……と。

「うぅーむ……。恋愛系《れんあいけい》の歴史人物《れきしじんぶつ》だけでも、きりがなさそうだ」

「やっぱり、水谷里《みずたにさと》からペンを取りあげるのが、イチバン手っとり早そうですね」

外のようすを見に行っていた〝短気だぬき〟が、こちらへもどってきた。

彼《かれ》は寒さにくもったメガネをふきつつ、我々《われわれ》の前に立つ。

「あのウバワレペンを直《じか》に観察《かんさつ》すれば、一発で正体が分かるでしょ」

「そりゃあそうなのだがな。――で、どうだ。そのペンの持ち主はあらわれたかね」

ちょうど、朝からムダに陽気なハナ歌が近づいてきた。

わたしたちはそれぞれ、クツ箱の裏《うら》に身を隠《かく》す。

水谷里《みずたにさと》ホカク作戦《さくせん》、参《まい》る！

「どどどどっきゅん♪　ばっきゅん♪　バレンタイ～ンッ♪」

「――待ちかねたぞ、里《さと》」

「うひぇっ！」

里《さと》がローファーをクツ箱に入れた瞬間《しゅんかん》、わたしはスッと真後《まうし》ろに立つ。

垂直《すいちょく》に跳《と》びあがった里《さと》は、バッと左右に逃《に》げ道《みち》を探《さが》した。

しかしすでに、コオリと礼《れい》が退路《たいろ》をふさいでいる。

これぞ、鶴《つる》がつばさを広げたカタチに兵《へい》を置《お》き、敵《てき》を包囲《ほうい》する「**鶴翼《かくよく》の陣《じん》**」！

武田信玄公《たけだしんげんこう》が戦《いくさ》で使った「**戦国八陣《せんごくはちじん》**」のひとつなりぃ！

――というわけで。我々《われわれ》は里《さと》をクツ箱まえに追いこんだ。

「里《さと》。あのペンをよこすのだ」

「やっ、やだよぉ。わたしの宝物《たからもの》だもんっ」

「それにヤベェのが憑《つ》いてんだって、分かってんだろ」

「うぐぅ……」

里《さと》はペンを両手でしっかりとにぎり、後ろに隠《かく》す。

「悪霊《あくりょう》を成仏《じょうぶつ》させたら、ペンはもちろん返しますよ」

礼《れい》はうさんくさい笑顔《えがお》を浮《う》かべてみせる。

里《さと》は、「でもぉ……っ」とうめきながら、クツ箱に背中《せなか》をつけた。

そしていきなり、わたしとコオリのすきまをねらい、**走りだす！**

もちろん逃《のが》す我々《われわれ》ではない。三人で彼女《かのじょ》をつかみ止めた。

「「「待て」」」

「うわぁぁん離《はな》してぇ！」

「おまえ、またこっそりビームしまくるつもりだろっ」

「だってあんな**楽しい**——じゃないや、みんなの役に立てること、ほかにないじゃぁん！」

「本音がダダもれだぞっ。神妙《しんみょう》にお縄《なわ》につけ！　キミはただ、クラスを混乱《こんらん》におとしいれているだけだ」

「ちがうよぉ！」

里《さと》はわたしの手をふりほどき、しゅんと肩《かた》を下げた。

「だって……、パーティの放送を入れてから、いーっぱい恋愛相談《れんあいそうだん》されたんだよ。それで、応援《おうえん》するって約束《やくそく》しちゃったんだ。無差別《むさべつ》にトキメキビームしてるワケじゃないんだよぉ」

うるうると見上げられ、わたしたちは顔を見合わせる。

里《さと》が出したメモ帳には、ずらぁりと男女の名が書きつらねてある。

ちらっと**有月《ありづき》ユリハ**と**花ノ木音々《はなのきねね》**の名まで見えた気がするが、まぁいいや。

「ですが、そのビームの効果《こうか》は一時的《いちじてき》ですよ。**きゅん**♡なんてしても、あっという間《ま》に我《われ》に返る。そんなので恋《こい》が実っても、むなしいだけじゃありませんか」

失恋経験者《しつれんけいけんしゃ》の礼《れい》が、まっとうなコトを言った。

「分かってるよっ。だけど逆《ぎゃく》にさ、ほんとに好《す》きになってもらえるかは、本人しだいなのがいいんだよ。わたしだって、無理《むり》やり恋《こい》させるのは、さすがにズルだなーって思うもんっ」

「ならば、もうこんなマネは、」

「**けどね!**　チョコを渡《わた》すことから難《むずか》しそーな相手だったらさ。あのビームで、**告白《こくはく》チャンス**くらいは作ってあげられそうじゃんっ」

なんと里《さと》までも、まっとうなコトを言っている？

思わず感心してしまった。

「ほう……。ふりそで火事の伝説《でんせつ》も、告白《こくはく》もできないままで亡《な》くなったのが心残《こころのこ》りで、怨《おん》念《ねん》がふりそでにこもったのが元凶《げんきょう》だしなぁ。告白《こくはく》チャンスもないのは、……まァ、たしかに、無念《むねん》がつのりそうか？」

「そうだよっ！『**オレさま男子**』のヒーローだって、自分の気持ちを伝《つた》えるのは大事だって言ってるしぃ。このユーレイさんも、『**悲しい恋《こい》をする子どもたちを、助けてやりたい**』って、優《やさ》しい人なんだよっ。じゃ、そゆコトで！」

里《さと》はまたもや、わたしたちの間をすり抜《ぬ》けようとする。

しかし我々《われわれ》もまたもや、ガシッと容赦《ようしゃ》なくつかみ止める。

「**ナットクしてくれたんじゃないのォ!?**」

「キミの誠義《せいぎ》は分かった。しかしそれとこれとは話がベツだ。ペンをよこせ」

「**ぎゅぬぬぬコ！　イーヤーだー！**」

里《さと》は犬のように顔をシワくちゃにする。

わたしは息をついた。

まったく、毎日ドタバタめんどくさいヤツではあるが、ウバワレまわりの事件《じけん》では、何度もフォローしてもらった恩《おん》がある。

里《さと》がそのうちウバワレにのっとられて、ナナシにばくんっ……なんて、**それこそイヤだぞ。**

わたしは彼女《かのじょ》の手首をつかんだ手を、握手《あくしゅ》の形ににぎりなおした。

「わたしはな、キミを心配しているのだ」

「ひょ、ひょえっ？」

わたしは真心《まごころ》よ伝《つた》われと、向かいあう瞳《ひとみ》をひたむきに見つめる。

「里《さと》。わたしのためにも、危《あぶ》ないコトはしてくれるな」

「どっ、きゅん……♡」

里《さと》の両目がハートになった。

「さあ、そのペンをわたしにあずけるのだ。悪いようにはせん」

「――ハッ」

ペンを差《さ》しだしかけた里《さと》は、高速まばたきをして、手をひっこめた。

チッ、我《われ》に返ったか。

「くそ〜っ、ビーム使ってないのにぃっ。アミィちゃんのイケメンめ！」

「えぇい、めんどうなっ。キミはこのままじゃ、ペンに憑《と》りついた悪霊《あくりょう》にのっとられてしまうのだぞ！」

「それもヤダー！　せめて放課後《ほうかご》の、**バレンタインパーティが終わるまで待って！**　そしたら、ゼッタイに渡《わた》すからぁっ」

「パーティまでだと？　というか、パーティは不動《ふどう》先生に禁《きん》じられただろう。まさか、決行するつもりなのか」

「ちゃんとやるよ？　協力者《きょうりょくしゃ》もいーっぱいいるんだ。もちろん**報道《ほうどう》クラブも☆**」

「水谷《みずたに》。ルール破《やぶ》ったら罰《ばつ》があるっつってたぞ。宿題とか、すげぇ増《ふ》やされんじゃねぇ

か？」

心配そうなコオリに、里《さと》はニヒッと悪い笑《え》みを浮《う》かべた。

「あれは『五年一組ルール』でしょ？　パーティのリーダーは**一華《いちか》パイセン**ってことになってるし、会場も**体育館**だから、一組の教室じゃないもんね。あんなルールは無効《むこう》でぇーす！」

「へりくつをこねくり回しましたね……」

礼《れい》があきれるとおりだぞ。

我々《われわれ》は三人で、盛大《せいだい》なタメ息をついた。

しかしまぁ、そのパーティとやらが終われば、おとなしくペンを渡《わた》してくれるつもりなのか。

そろそろ昇降口《しょうこうぐち》も、生徒《せいと》たちが続々《ぞくぞく》と登校してきて、さわがしくなってきた。

ここでまたモメていたら、不動《ふどう》が出しゃばってくるよな。

わたしは「ふむ」とうなずいた。

「分かった。ここは里《さと》にゆずろう。**パーティ後まで、待とうじゃないか**」

「やったぁー！　アミィちゃん、大好《だいす》き！」

コオリも礼《れい》もギョッとする。

わたしは二人を制《せい》して、里《さと》を見すえた。

「だが、約束《やくそく》してくれ。パーティが終わったら、**必《かなら》ずやペンを渡《わた》すのだ。**わたしはそのユーレイを成仏《じょうぶつ》させるために、語らいあって情報《じょうほう》をもらわねばならん」

「**りょーかい☆**　わたし、友だちとの約束《やくそく》は、ちゃーんと守るから！」

「うむ。それとあとひとつ。ペンに憑《つ》いているユーレイや、キミ自身が暴走《ぼうそう》しはじめたときは、もうどうしようもない。そのペンをうばって、問答無用《もんどうむよう》で成仏《じょうぶつ》させるぞ」

「**オッケーオッケー♪**　そいでいいよね、ユーレイさんっ。暴走《ぼうそう》なんてヤダもんねっ」

里《さと》はハートペンに語りかける。

めちゃくちゃ軽いノリではあるが、約束《やくそく》は取りつけた。

「じゃ、わたしはやるコトがあるから、先行くね～！」

里《さと》がランランルンルンと、スキップしながら階段《かいだん》をのぼっていく。

「……天照《あまてる》さん。勝手に逃《に》がさないでくださいよ」

礼《れい》がムスッとして、彼女《かのじょ》の背中《せなか》を目で追う。

「パーティ終了後《しゅうりょうご》まで待てば、確実《かくじつ》にウバワレにインタビューさせてもらえるのだ。正体をハズして、ウバワレ大暴《おおあば》れ……なんて事態《じたい》になる可能性《かのうせい》は、グッと低《ひく》くなるぞ」

「まだそんな悪気《あっき》も出てねーし、放課後《ほうかご》くらいまでなら大丈夫《だいじょうぶ》か。授業中《じゅぎょうちゅう》は、オレと和子《わこ》で水谷《みずたに》を見張《みは》ってりゃいいし」

コオリも賛成《さんせい》してくれた。

礼《れい》はまだ不満《ふまん》げだが、わたしは彼《かれ》の背中《せなか》を軽くたたく。

「成仏予約《じょうぶつよやく》ができたんだから、よしとしてくれ」

今回はどうやら、サクッと解決《かいけつ》しそうか？

だが、パーティは本気でやるつもりなのか。

不動《ふどう》とモメるのは、さけられん予感だな……。

よっちゃん先生さえもどってくれれば、クラスも落ちつくのだろうが、本当に彼《かれ》はどこへ消えたのだ。

わたしはこれまでになく、ぽやぽやチワワの存在《そんざい》をなつかしく思った。

9 「恋《こい》」とはなんぞや!?

三・四時間目の体育は、礼《れい》や音々《ねね》たちの二組と合同で、ドッジボールだ。

わたしとコオリは、外野《がいや》に立候補《りっこうほ》。

外野《がいや》とは、「外の野」であるからして、グラウンドという「野」の「外」がわの木《こ》カゲまでふくまれるだろう――と解釈《かいしゃく》し、二人でそちらに腰《こし》をおろした。

遠きコートでの戦《いくさ》を、まったりとながめるコトにする。

――ユーレイさんも、「悲しい恋《こい》をする子どもたちを、助けてやりたい」って、優《やさ》しい人なんだよっ。

あの里《さと》のセリフからして、ウバワレは、悲しい恋《こい》の経験者《けいけんしゃ》か?

だからご自分がかなえられなかった恋《こい》を、あのビームで、かわりにかなえてやろうとしている?

歴史《れきし》において悲しい恋《こい》の代表格《だいひょうかく》といえば、やっぱり〝平安《へいあん》時代のロミオとジュリエット〟在原業平《ありわらのなりひら》さまと藤原高子《ふじわらのこうし》さまか。

スーパーモテ男子の業平《なりひら》さまと、ツンデレ美少女な高子《こうし》さま。

二人はラブラブだったが、高子《こうし》さまは、親に「天皇《てんのう》と結婚《けっこん》しろ」と決められてしまった。

「そんなのイヤ！」「じゃあオレと逃《に》げようぜ！」と、二人は愛《あい》の逃避行《とうひこう》に出た。

しかし業平《なりひら》さまが目を離《はな》した隙《すき》に、高子《こうし》さまは鬼《おに》に食われてしまい、大ショック！

……という話だが、鬼《おに》に食われたワケじゃなく、たんに家族に連《つ》れもどされちゃったのだろう。

世界三大美女のうちのお二人、**クレオパトラ**さまと**楊貴妃《ようきひ》**さまも、悲しい恋《こい》をしつつ亡《な》くなった方たちだ。

クレオパトラさまはエジプトの王《ファラオ》だが、敵国《てきこく》の将軍《しょうぐん》たちと国の命運をかけた恋《こい》をするも、結局《けっきょく》は破滅《はめつ》してしまう。

中国皇帝《ちゅうごくこうてい》のお妃《きさき》・楊貴妃《ようきひ》さまは、愛《あい》されすぎたせいで、反乱《はんらん》が起こって処刑《しょけい》されてしまった。

彼女《かのじょ》の伝説《でんせつ》は、「**長恨歌**《めっちゃ後悔してるソング》」として、今も語りつがれているのだ。

ううむ。候補《こうほ》をあげればキリがない。

せめて里《さと》に、ユーレイの性別《せいべつ》くらいは聞きだしておくべきだったな。

「――**危《あぶ》ない！**」

コートのほうから、キャッと悲鳴があがった。

女子の顔面に当たりそうだったボールを、男子がぎりぎりでキャッチしたところだ。

「あ、ありがとう」

「無事《ぶじ》でよかった。最後《さいご》まで生《い》き残《のこ》ろうぜ☆」

女子はほほを赤くそめ、ボールを止めた男子は、白い歯を見せ、きらりと笑《わら》う。

二人のあいだに、**ほわぁぁん**♡と桃色《ももいろ》オーラが広がった。

「**でぇぇい！**」

いっぽうで、その空気を裂《さ》くように、気合いの入ったかけ声が響《ひび》く。

力強き女子が、敵《てき》コートにボールを打ちこみ、三人連続《れんぞく》でヒットをかます。

「**矢井田《やいだ》**さん、**カッコいい……**♡」

その勇《いさ》ましき姿《すがた》に、三団子《さんだんご》の一人が瞳《ひとみ》をハートにしている。

コート内は、**トキメキきゅんきゅん**♡**祭り**だ。

二組担任《たんにん》は、「今日のみんな、やたら盛《も》りあがってんなー？」と首をかしげている。

不動《ふどう》の授業《じゅぎょう》が重たすぎる空気だったゆえ、やっと監視《かんし》をのがれた喜《よろこ》びもあるのだろうが。

犯人《はんにん》は、まちがいない。

ウバワレペンを隠《かく》し持った、水谷里《みずたにさと》だ。

里《さと》め、秒殺《びょうさつ》でヒットされて外野《がいや》になったと思ったら、トキメキビームを連発《れんぱつ》しておる。

ビビビビビッ。

また、里《さと》のビームが、ボールから逃《に》げまわる生徒《せいと》のむれへと飛《と》んでいく。

ビームはユリハの横面《よこづら》に命中した。

とたんユリハは、へくしょっと大きなくしゃみ。

音々《ねね》が心配そうにのぞきこむと、視線《しせん》がぶつかったとたんに、**ほわぁぁん**♡だ。

「ユリハったら、ジャージを忘《わす》れるなんて、うっかりさんだなぁ。わたしのを貸《か》してあげる」

すぽっと頭から上着をかぶせられたユリハは、いつもみたいに「いらないって」とツンツンで突《つ》き返す――かと思いきや。

「……音々《ねね》の**いいにおいがする**♡」

「えっ？　やだ、**なんかはずかしい……**♡」

ぬぐわぁぁっ！

視界《しかい》のあちこちの桃色《ももいろ》っぷりに、わたしはいたたまれなすぎて、この空気を、斬《き》り裂《さ》いてまわりたい気分だっ。

「水谷《みずたに》のやつ、ゼッテェおもしろがってんだろ」

コオリもあきれ返っている。

「まっこと、そのとおりだ。無差別《むさべつ》にビームを撃《う》ってるようにしか見えん。『交際禁止《こうさいきんし》でも、トキメキは禁止《きんし》されてないもーん』とでも考えてるんだろう」

悪気《あっき》はまだ出ていない。

このまま何事もなく、放課後《ほうかご》パーティ終了《しゅうりょう》までもっといいのだが。

ああやって恋《こい》を実らせまくれば、ウバワレの御方《おかた》の、生前の心残《こころのこ》りも晴れるのか？

暴走《ぼうそう》さえしないなら、歴史人物《れきしじんぶつ》を愛《あい》する歴女《れきじょ》としては、見守らせていただきたいが。

……しかしなァ。

みな、**トキメキきゅんきゅん**♡、たいへん楽しそうである。

隼士《じゅんじ》の一件《いっけん》から、わたしも「恋《こい》」なるものを見て見ぬフリはいかんと思った。

それで、参考書《さんこうしょ》の「**オレさま男子**」シリーズを、おっかなビックリ読んでみてはいる。

……いるのだが、恋《こい》とやらは、難解《なんかい》すぎる世界だ。

「愛《あい》」というのは、わたしがおばあちゃんや家族に感じるものだろう？

しかし「恋《こい》」とはなんだ。

胸《むね》の**トキメキ☆トゥインクル**と、心《しん》の臓《ぞう》の**不整脈《ふせいみゃく》**とは、いったいなにがちがう。

国をかけた恋《こい》、命をかけた恋《こい》。

歴史《れきし》を語るときにも、このフレーズは登場する。

恋《こい》とは、高名な歴史人物《れきしじんぶつ》たちだってふり回されてしまうほど、ままならぬモノらしいが。

わたしはちらり、となりに座《すわ》る狐屋《きつねや》コオリを盗《ぬす》み見る。

コオリは……、**「恋《こい》」なるものが分かるのかな？**

先日、我々《われわれ》はどちらも「二人して隼士《しゅんじ》が好《す》きなのかも」とカンちがいして、危《あや》うく三角カンケーがボッパツするところだった。

しかしあれは結局《けっきょく》、夢《ゆめ》をウバワレに操《あやつ》られていたせい……だったんだよな？

それなら、コオリには特《とく》に、恋《こい》する相手はいない？

前は一匹《いっぴき》オオカミだったが、近ごろは読書クラブで、里《さと》や音々《ねね》とは話しているようだ。

一族の者たちも、字消士《じけし》見習いたちも、コオリに強くあこがれる者が多いようであった。

クラスにも、チョコを渡《わた》そうと考えている女子《おなご》がいたしな。

礼《れい》だって、「**初恋《はつこい》の君《きみ》**」から想いが返ってきたら、大喜《おおよろこ》びなのでは。

コオリの恋人《こいびと》になりそうな相手が、いないワケじゃないのだ。

そのうち、コオリが恋《こい》をしたのなら、「悪《わり》ぃけど、でぇ、でぇとでいそがしーわ」と、わたしとの歴友活動《れきともかつどう》を断《ことわ》る……という未来《みらい》もありうるよな。

また胸《むね》が**モヤッとした。**

ぬっ。しっかりしろ、天照和子《あまてるわこ》。

ヤキモチを焼《や》いたって、いいことはないと、中大兄皇子《なかのおおえのおうじ》が教えてくれているだろうっ。

ちょうど、頭を冷《ひ》やせとばかりに、ヒュッと冷《つめ》たい風が吹《ふ》きつけてきた。

わたしはジャージのえりをかき合わせる。

「…………あ〜、えっと、あ〜〜え〜〜……」

コオリがとつぜん、発声練習を始めた。

「どうしたね」

「ジャ、ジャージいるか？　オレの貸《か》すけど。寒かったら」

「？　わたしは自分のを着ているぞ？」

「だよな！」

コオリは真《ま》っ赤《か》な顔で、すばやくうなずく。

ああ、なるほど。ユリハと音々《ねね》のやり取りを見て、気をつかってくれたワケか。

「バカさま、あのビーム食らいました？」

いちおう試合《しあい》に参加《さんか》していた礼《れい》が、こっちに歩いてきた。

「食らってねー」

「なら**素《す》で？**　あんたけっこう、はずかしいコト言いますねー」

礼《れい》はニヤニヤしながら、わたしの横に腰《こし》をおろす。

コオリはむっつりだまりこんだ。

「礼《れい》くんは、なかなかしぶとく生《い》き残《のこ》ったな」

「本気出したらボールがハレツするんで、ただ突《つ》っ立《た》ってたんですけど。なかなか当ててくれなかったんで、自分からこぼれ球にさわりに行きました」

そりゃあ、この腹黒《はらぐろ》だぬきにボールなんてぶつけたら、それこそ「長恨歌《めっちゃ後悔してるソング》」の、新たなる主人公になりそうだ。

モレ出《い》ずる腹《はら》の黒さのハクリョクに、みな恐《おそ》れをなしていたのだろう。

コートに目をもどすと、隼士《しゅんじ》が最後《さいご》の敵《てき》を打ちたおし、我《わ》がクラスが勝利《しょうり》をおさめたところだ。

みなで大喜《おおよろこ》びのバンザイ三唱《さんしょう》。

すべての戦《いくさ》が終わったらしく、わたしたちも集合に呼《よ》ばれてしまった。


「あー、やっともどってきた。和子《わこ》ちゃんとコオリ、ずっとサボってただろ」

隼士《しゅんじ》はさわやかに笑《わら》いながら、我々《われわれ》をむかえる。

「サボりじゃなく、外の野から見守っていたのだよ」

その時、ふと気がついた。彼《かれ》のすぐ後ろで、里《さと》が**ニチヤアツ**と笑《わら》っているっ。

ビビビビッ！

ペンから放たれたビームが、コオリをねらう！

「やめろっつの」

彼《かれ》はサッと首を横にたおしてビームをよけ、背後《はいご》の礼《れい》も、続《つづ》けて頭をかたむける。

さすがは字消士《じけし》、最小限《さいしょうげん》の動きでかわしたぞっ。

——などと思っていたら。

ドッ！

わたしは後ろ頭に、押《お》されるような衝撃《しょうげき》を受けた。

「ぬ!?」

「あれ。ごめぇん、アミィちゃん。窓《まど》ガラスに反射《はんしゃ》しちゃった？」

まさか、**わたしがビームを食らったのか!?**

「里《さと》めっ！」

つんのめって倒《たお》れこむわたしを、ちょうど真《ま》ん前《まえ》にいた隼士《しゅんじ》が受けとめてくれた。

「どうしたの、大丈夫《だいじょうぶ》？」

「か、かたじけない、隼士《しゅんじ》くん」

隼士《しゅんじ》にはビームが視《み》えておらんのだ。

わたしは彼《かれ》の胸《むね》に手をついて、身を起こし——、
つい、バチッと視線《しせん》を合わせてしまった。

しまった……！

サッと青ざめるコオリたちが視界《しかい》に入った。

しかしわたしのハートは、すでに隼士《しゅんじ》にクギづけだ。

本気で心配してくれている彼《かれ》が、みょうに、やたら、いとカッコよく見えにけり……!?

ほわぁぁぁぁぁん♡

「**まままま待って!**　和子《わこ》ちゃんっ?　ウソだろっ!?」

隼士《しゅんじ》はわたしの肩《かた》をつかんで、引きはがす。

コオリと礼《れい》が間に入って視界《しかい》をさえぎってくれたところで、わたしは正気に返った。

「里《さと》め!　危《あや》うく**ほわぁぁん**♡するところであったわ!」

「してましたけど」

礼《れい》に冷《ひ》え冷《び》えとツッコまれ、わたしはベチンッと自分の横面《よこつら》をはたいた。

「ぐぬぅ、不覚《ふかく》なり天照和子《あまてるわこ》!」

「水谷《みずたに》、テメェいいかげんにしとけよ」

「ごめんってばっ。今のは予想外!」

コオリはマジギレ。

里《さと》はぴゅんっと隼士《しゅんじ》の後ろへ隠《かく》れた。

「えぇーっ。なんかみんな変《へん》だと思ったら、水谷《みずたに》が元凶《げんきょう》っ？」

「アハハハハーッ」

里《さと》が隼士《しゅんじ》にまで叱《しか》られそうになったところで。

「**下川《しもかわ》！　あたしとつきあってください！**」

女子の一生懸命《いっしょうけんめい》な声が、グラウンドに響《ひび》いた。

10 よい学校にするために

わたしたちはみんなそろって、そちらをふり返る。

試合後《しあいご》の生徒《せいと》たちでにぎやかな最中《さなか》、頭を下げたのは――、さきほど三人連続《れんぞく》ヒットを決めた、勇《いさ》ましき女子《おなご》だ。

「不動《ふどう》先生が『交際禁止《こうさいきんし》』とか言ってるときに、告白《こくはく》なんて、ごめんねっ？　どうしても、今、伝《つた》えたくなっちゃって……！」

必死《ひっし》に伝《つた》える彼女《かのじょ》が向かう相手は、なんと、**三団子《さんだんご》のうちの一人だ。**

のこり二名と瀬戸《せと》は、へたりと腰《こし》をぬかし、本人はあぜんと立ちつくす。

なんと、体育の授業中《じゅぎょうちゅう》に公開告白《こくはく》とは――っ。

まわりの人間も、体育教師《きょうし》も、かたずをのんで二人を見守る。

ややあって、その**下川《しもかわ》**（初《はじ》めて名を知ったぞ）は、電撃《でんげき》を食らったように、足から頭のてっぺんまで、体をぶるるるるるっと震《ふる》わせる。

そして細い目を、ここぞとばかりにクワッとかっぴらき、全身でうなずいた。

「矢井田《やいだ》さん、こちらこそ、**おねがいします!!**」

なんと、成立《せいりつ》した！

みんなおたがいにキラキラさせた瞳《ひとみ》を見交わし――――、そして、ワッと二人に飛《と》びつく。

「矢ッちゃん、下川《しもかわ》ぁ、おめでとぉー！」

「すっごい、急展開《きゅうてんかい》すぎない!?」

みなにモミくちゃにされながら、二人は真《ま》っ赤《か》な顔で照《て》れ照《て》れと、幸せそうに笑《わら》ってお
る。

イチバンに飛《と》びついた里《さと》も、大コーフンで大喜《おおよろこ》び。

わたしたちはポカンと大さわぎをながめる。

下川《しもかわ》とサッカークラブ仲間《なかま》の隼士《しゅんじ》も、あぜんとしている。

「あいつ、『今はサッカーが楽しいから、恋愛《れんあい》とかいいや』って言ってたんだよ？　でも、よかったね。ほんとよかった……っ」

「ならば、告白《こくはく》されて、その気になったのか。里《さと》ビームがきっかけで成就《じょうじゅ》したと」

すごいぞ、里《さと》が本当に役に立っている。

一組も二組も、体育教師《きょうし》までまざって、めでたさにわき上がる。

ウバワレが悲恋《ひれん》の御方《おかた》なら、さぞお喜《よろこ》びのことであろう。

――が、しかし。

「不動《ふどう》がナンクセつけてきそうですね」

眉間《みけん》にシワをよせた、礼《れい》の言うとおりだ。

里《さと》のへりくつ上は、「グラウンドは五年一組の教室じゃないもん！」なのだろうが、教室にもどったら、「交際禁止《こうさいきんし》」のルール下《か》だ。

「この浮《うわ》つきまくったテンションで、交際《こうさい》を隠《かく》しとおせるのかね」

「――和子《わこ》、あそこ」

コオリがするどい視線《しせん》を、校舎《こうしゃ》のほうへ投げている。

職員室《しょくいんしつ》の窓《まど》に、グラウンドを見下ろす人影《ひとかげ》が見えた。

なんと、**不動《ふどう》だ。**

わざわざ窓《まど》を開け、カップル成立《せいりつ》を祝福《しゅくふく》する一団《いちだん》をにらみつけている。

そして両手を合わせ、ググッと手ぶくろを根本まで押《お》しこんだ。

「おいおい、さっそくバレているぞ……」

教室にもどったら、ひと波乱《はらん》待ったなしだな。

すでに臨戦態勢《りんせんたいせい》の不動《ふどう》と、わきたつ生徒《せいと》たちを見くらべ、わたしは重たいタメ息をついた。


そして、不動《ふどう》はやっぱり激怒《げきど》。

「交際禁止《こうさいきんし》ルールを破《やぶ》った罰《ばつ》として、この宿題プリントを出します」

と、下川《しもかわ》と矢井田《やいだ》のまえに、大量《たいりょう》のプリントを積《つ》みあげた。

もちろんクラスメイト一同からは、大ブーイングの嵐《あらし》だ。

「うちのクラスだけ、ヒドいよぉ！」

「先生が勝手に決めたのなんて、学校のルールじゃないんだから、知ったこっちゃないよね。一組代表として、反対しまーす！」

里《さと》のモンクを皮切りに、矢井田《やいだ》も立ち上がった。

うちのクラスの学級委員は、この矢井田《やいだ》だったらしい。

「不動《ふどう》先生のルールに反対の人、手をあげてくださいっ」

矢井田《やいだ》の呼《よ》びかけに、里《さと》がシュバッと手をあげ、ほかのみんなもすぐに続《つづ》く。

わたしもメンドーな事態《じたい》になったなぁと思いつつ、不動律令《ふどうルール》はあまりに横暴《おうぼう》。

誠《まこと》の心をもって、手をあげておいた（コオリは寝《ね》ている）。

不動《ふどう》は、まだわたしが自分サイドについてくれる気でいたらしい。

ギリリと奥歯《おくば》を鳴らしてわたしをにらんだあと、息をついた。

「……このクラスだけのルールでは、不公平《ふこうへい》。あなたたちの言いぶんは理解《りかい》しました」

お？　なんと、意外とアッサリゆずってくれたぞ。

みんな胸《むね》をなでおろしたのだが――、しかし。

「それでは、**今からこうしましょう**」

不動《ふどう》は油性《ゆせい》ペンのふたを開け、「五年一組ルール」の紙に向きなおった。

その「五年一組」の部分を、線を引っぱって打ち消し、なにやら書きこみはじめる。

――高天原小《たかまがはらしょう》ルール
そう書きあげた彼《かれ》は、ペンのふたを、几帳面《きちょうめん》にしつこいほど固《かた》くしめる。

「学校全体のルールにすれば、不公平《ふこうへい》ではなくなりますね？　みなさん一丸となってルールを守り、**この高天原小《たかまがはらしょう》を、よい学校にしていきましょう**」

不動《ふどう》は平坦《へいたん》に、しかし怨念《おんねん》のこもったような声で言った。


その後の昼休み。

不動《ふどう》は廊下《ろうか》のカベに、ルールの紙を大量《たいりょう》コピーして、貼《は》りまわったようだ。

もちろん学校じゅうが、大さわぎだ。

「あっ、不動《ふどう》先生！　やっと見つけたっ。なんですか、この『高天原小《たかまがはらしょう》ルール』っていうのは！　やりすぎですよ。我《わ》が校は自由な校風なんですから」

校長の声が、外から聞こえてくる。

わたしは優雅《ゆうが》に読書中だったが、不穏《ふおん》な気配に、窓《まど》の外をのぞきに行った。

グラウンドを横切ろうとする不動《ふどう》に、校長が駆《か》けよっていくところだ。

不動《ふどう》は丸めた模造紙《もぞうし》を抱《かか》えている。

おそらく、校門にまでルールの紙を貼《は》りに行こうとしていたのだろう。

「校長先生。学校のモットーは、**『文武両道《ぶんぶりょうどう》』**でしょう。学《がく》の道も武《ぶ》の道も、生徒《せいと》が道をふみはずさないよう、オトナが道を整えてあげるべきです。なにがダメでなにがOK《オーケー》なのか、先にルールを決めておかないと。生徒《せいと》たちは好《す》き勝手《かって》にしますよ」

「そうは言っても……」

不動《ふどう》の「正論《せいろん》」に、校長はグッと言葉をのむ。

「**このルールは、すでに有効《ゆうこう》ですから**」

「有効《ゆうこう》って、勝手にダメですよっ。校長のぼくが許《ゆる》しません。今日の放課後《ほうかご》、先生がたと会議《かいぎ》しましょう。話はそれからです！」

校長は不動《ふどう》の手を、ガッとつかんだ。

すると不動《ふどう》は、まるで気持ちの悪い虫でもくっついたみたいな顔で、手をひっこめる。

「――校長先生。許可《きょか》なくワタシの体にふれるなんて、**これはケンカですか？**」

「は？」

「ケンカですね？」

「ふ、不動《ふどう》先生？」

彼《かれ》はよごされた手ぶくろをぬぎ捨《す》て、お面のように表情《ひょうじょう》のない顔で、校長を見すえる。

「ルール違反《いはん》ですよ。校長先生」

不動《ふどう》が重ねてたしかめた、そのとたん。

バシュッ……！

校長の足もとから、水が噴《ふ》きあがった。

地面のスプリンクラーが、いきなり動作したのだっ。

白いしぶきが、噴水《ふんすい》のようになって校長を包《つつ》む。

「うわあ!?」

彼《かれ》はその場にひっくり返った。

はずみにサンダルがすぽんっとぬけて、放物線を描《えが》いて真上《まうえ》に飛《と》んだ。

サアアア……っと、細かな水が降《ふ》りしきる。

校長は腰《こし》をぬかしたまま、ぼうぜんと不動《ふどう》を見上げる。

不動《ふどう》は校長をながめ下ろした。

「ルールを破《やぶ》ったら、罰《ばつ》があると書いてあるのに。校長先生。ワタシはこの学校を、**もっと、良《よ》く、正しくしたいのです**。それには、学校のトップである校長先生の協力《きょうりょく》が必要《ひつよう》です」

不動《ふどう》は手ぶくろを新しいものにかえてから、サンダルをつまみ、校長に差《さ》しだす。

「協力《きょうりょく》していただけますね？」

「はわわ……」

校長は全身ずぶぬれで震《ふる》えながら、おしりで後ずさった。

一部始終を見ていたわたしは、ごくりとノドを鳴らした。

校庭に何十カ所と設置《せっち》されているはずのスプリンクラーが、校長の足もとの一カ所だけを選《えら》んで、不動《ふどう》とケンカになったとたんに、誤作動《ごさどう》した。

「こんな偶然《ぐうぜん》があるかね」

「……タイミングよすぎだよな」

いつの間《ま》にかとなりに立っていたコオリも、眉《まゆ》をよせて不動《ふどう》を見つめている。

まさか、あやつにもウバワレが憑《つ》いている？

「和子《わこ》、視《み》えるか？」

「いや、なにもいないよな……」

〝ルールを守らせたがるウバワレ〟が憑《つ》いているとしか、考えられない。

なのに今、ウバワレが攻撃《こうげき》したとしか思えんタイミングでも、ヤツのまわりにウバワレは視《み》えなかった。

里《さと》ウバワレのように、ペンに憑《つ》いていたとしても、攻撃《こうげき》するときは気配があるものだ。

それもなかったとは、いったい、どうなっている？

——そして。

「罰《ばつ》」を受けたのは、校長だけじゃなかったのだ。

昼休みの終わりまぢか、教室にもどってきたクラスメイトたちが、青ざめていた。

みんな「高天原小《たかまがはらしょう》ルール」を破《やぶ》ったり、その紙をはがそうとしたとたん、痛《いた》い目を見たらしい。

小指を廊下《ろうか》の角にぶつけた者。

なぜかバケツが降《ふ》ってきて、タンコブを作った者。

弁当《べんとう》がわりの、大好物《だいこうぶつ》のバナナがくさっていた者。

あっという間に、**「不動《ふどう》ルールにさからうと、天罰《てんばつ》がくだる」**というウワサが広がった。

五時間目のチャイムと同時に、不動《ふどう》が教室に顔を出すと、みんな顔をこわばらせる。

息を吸《す》うのもためらうような、張《は》りつめた空気だ。

ヤツは教壇《きょうだん》から、みなの恐怖《きょうふ》した顔を見まわす。

「すばらしい。これこそワタシが求《もと》めていた、**クラスの正しい姿《すがた》です**」

彼《かれ》は初《はじ》めて、わたしたちに満足《まんぞく》そうな笑顔《えがお》を見せた。

11 バレンタインのゆくえ

五時間目の授業《じゅぎょう》は、始めから終わりまで、水を打ったような静《しず》けさだった。

不動《ふどう》が教科書を読みあげる声。

黒板にチョークをカッカッとたたきつける音。

みな、「天罰《てんばつ》」発動を恐《おそ》れて、息をひそめている。

「それではみなさん。今日はまっすぐ帰って、宿題にはげみましょう。まさか、許可《きょか》のないパーティなんてやるはずがないと、**先生は信《しん》じていますからね**」

帰りの会が終わって、不動《ふどう》が教室を出て行った。

これから校長たちと職員会議《しょくいんかいぎ》で、「高天原小《たかまがはらしょう》ルール」について話しあうのだろう。

校長は完全《かんぜん》にビビっていたが、ほかの先生たちのがんばりに期待したい。

不動《ふどう》の姿《すがた》が見えなくなるなり、みな、ワッと顔をよせあった。

「あいつヤバいよ！　マジで罰《ばち》をあてられるのっ？　超能力者《ちょうのうりょくしゃ》!?」

「去年から学校休んでたんでしょ？　前から、こんなカンジだったたっけ？」

「つか、なんでずっと休んでたの？」

「病気だったたって聞いたけど……、元気そうだよね」

「ヤダー！　よっちゃん、早く帰ってきてよー！」

クラスは大さわぎだ。

もちろん放課後《ほうかご》のバレンタインパーティとやらも、中止だろう。

「天罰《てんばつ》」が不動《ふどう》のしわざだと確定《かくてい》したワケじゃないが、みんなそう疑《うたが》っている。

高天原小《たかまがはらしょう》ルールを破《やぶ》れば、天罰《てんばつ》がくだる。

そんな中で、あえてルール破《やぶ》りするようなアホウはいないはず。

わたしはさっさと、教科書やノートをカバンにつめる。

さて、かくなるうえは、パーティ終了後《しゅうりょうご》に「成仏予約《じょうぶつよやく》」していた、里《さと》のペンを回収《かいしゅう》。

山積《やまづ》みの問題を、ひとつ解決《かいけつ》といこう。

お次は、本当に不動《ふどう》がウバワレ憑《つ》きなのか、探《さぐ》りに行かんとだな。

うーむ。やることが多い。

そこに、里《さと》が後ろの戸口から顔を出した。

「**さぁみんな！　バレンタインパーティ、はっじめるよ〜っ！**」

満面《まんめん》の笑《え》みの里《さと》に、わたしは目を疑《うたが》う。

……アホウが、いた。


「えへへ〜っ。みんなのチョコ、ちゃーんと守りきったよ！　**ルール破《やぶ》りナシで☆**」

里《さと》は廊下《ろうか》に立ったまま、大きな段《だん》ボール箱をかたむけて見せる。

中には大量《たいりょう》の、かわいらしいチョコがのぞいている。

わたしはポカンとして、チョコの山と、模造紙《もぞうし》の「高天原小《たかまがはらしょう》ルール」を見くらべた。

……そういうコトか。

朝、里《さと》が昇降口《しょうこうぐち》で、「やるコトがあるから、先行くね〜！」と言っていたのは、これだ。

つまり里《さと》は、読書クラブの部室、図書準備室《としょじゅんびしつ》あたりに、みなから集めたチョコを隠《かく》していたのだろう。

準備室《じゅんびしつ》は「教室」じゃないから、「教室へのお菓子《かし》の持ちこみは禁止《きんし》」ルールは破《やぶ》ってない――という、ルール破《やぶ》りギリギリ回避《かいひ》のヘリクツだ。

さらに言うならば、体育館も「教室」ではない。

パーティ禁止令《きんしれい》は、不動《ふどう》が口では言っていても、模造紙《もぞうし》には書いてない。

だからチョコを持ちこんでも、ギリOK《オーケー》、と。

「みょうなところで、頭のまわるヤツだ……」

わたしは思わずうなってしまう。

協力者《きょうりょくしゃ》らしい瀬戸《せと》たちも、「やるぞーっ！」と、大盛《おおも》りあがりで拳《こぶし》を突《つ》きあげる。

「えっ、おい和子《わこ》。あいつら大丈夫《だいじょうぶ》なのか？」

コオリはよく分かっておらんが、とにかくだ。

「みんな、本気でやる気らしいぞ」

「マジかよ」

「不動《ふどう》のやり方がヘタクソだったのだ。上から『ダメーッ！』と押《お》さえつけて禁止《きんし》しただけじゃ、見えないところに隠《かく》れるだけ。それは、これまでの歴史《れきし》が証明《しょうめい》している」

豊臣秀吉《とよとみひでよし》公《こう》や**徳川**《とくがわ》のショーグンさまは、キリスト教を禁止《きんし》した。

ルールを破《やぶ》った人間は、ヨーシャなく処刑《しょけい》だ。

すると、一部の信者《しんじゃ》は無人島《むじんとう》に引《ひ》っ越《こ》して、そこに教会を建《た》てたり、なんと天照大神《あまてらすおおみかみ》のフリをした聖母《せいぼ》さまの像《ぞう》を作ったり、こっそりキリスト教を守り続《つづ》けた。

そうそう、ショーグンさまが「ぜいたくでハデな着物はNG《エヌジー》ぞ！」というルールを作ったときも、そうだった。

町の人たちは、「なら、見えないとこをオシャレにしちゃうもんね〜」っと、表はジミ〜な着物に見せつつ、実は裏《うら》はドハデな刺《し》しゅう入り——という、まさしく現代《げんだい》ヤンキーの学ランみたいなコトをしたそうな。

「つまりな。**ルールを作って禁止《きんし》するだけじゃ、禁止《きんし》しきれんばかりか、かえってメンドーな結果《けっか》になる**のだよ」

「あぁ、ちょっと分かるわ。オレ、ちいせぇころは、ふりそで着なきゃだったし、『家から出んな』ってルールだっただろ。けど一回だけ、男モンの服で家出した。それと同じだよな」

「ほう。たしかに同じっぽいが、家出とは。よく無事《ぶじ》でもどれたな」

字消士《じけし》のあと継《つ》ぎは悪霊《あくりょう》にねらわれやすいとかで、コオリは魂《たましい》がしっかりする歳《とし》まで、家から出られず、女着物でくらしていたと聞いた。

「**和子**《わこ》**に会いに行こうとした**んだよな。クシの気配をたどりゃ、また会えるかなって」

「ほう？」

とうとつな新情報《しんじょうほう》だ。

わたしたちは七つのころに会っていて、手まりでドッジボールをするほど仲《なか》よくなったが――。

あの後、会いに来ようとしてくれたのか？

「このまえ、そのころのコト思い出せたから、そんなこともあったなって。今考えたら、すげぇアブねぇよな。事務長《じむちょう》にとっつかまって、めちゃくちゃ怒《おこ》られたし」

コオリはちょっと笑《わら》ってみせる。

「けど、そいだけ**和子**《わこ》**に会いたかった**んだな、オレ」

当時の〝**雪**《ゆき》**ちゃん**〟と同じ――、だが、ずっと少年らしくなった笑顔《えがお》。

しかし彼《かれ》は自分の言葉にハッとして、いきなり顔をふせた。

「……なんでもね。忘《わす》れろ」

「う、うむ？」

わたしはうなずくも、おや？　おやや？

真《ま》っ赤《か》なうなじを見ていたら、我《わ》が心《しん》の臓《ぞう》が、急に上下にせわしく屈伸運動《くっしんうんどう》を始めた。

よもやこれこそが、本場の**トキメキ☆トゥィ**、

「ちょっと待ってよ、水谷《みずたに》」

盛《も》りあがるみんなに割《わ》って入ったのは、隼士《しゅんじ》だ。

パーティにくり出そうと、教室を出かかっていたクラスメイトは、いっせいに足を止める。

隼士《しゅんじ》は戸口の里《さと》のまえに立ち、こまったように首をかたむけた。

「体育館にチョコを持ちこむのがセーフでもさ。『交際禁止《こうさいきんし》』ってルールのほうは？　あれは、『教室への』とか書いてないから、体育館でも有効《ゆうこう》だと思うんだけど。パーティで、つきあいます――ってことになったら、それが、**ルール破《やぶ》りにならない？**」

おお、たしかに。隼士《しゅんじ》のツッコミは鋭《するど》いぞ。

そうしたら、不動《ふどう》の「天罰攻撃《てんばつこうげき》」が発動するよな。

みんなも顔を見合わせる。

「……そう言われたら、そうかも？」

「天罰《てんばつ》が、転ぶくらいならマシだけど、不動《ふどう》先生ってどこまでできんのかな」

「そんな超能力《ちょうのうりょく》みたいなの、ありえないって。今までのは偶然《ぐうぜん》だよ、偶然《ぐうぜん》」

笑《わら》い飛《と》ばそうとする者もいるが、みなのテンションは波が引くようにしずまっていく。

やっぱり、やめとく？

だれかのつぶやきに、みんなおたがいの顔色をうかがいあう。

「で、でもぉ。バレンタイン当日は、年に一回しかないんだよぉ？　それに、ふどっちに見つかんないように、せっかく隠《かく》れて準備《じゅんび》したのにぃ……」

里《さと》はあわてて、予想外にノリが悪くなった一同を見まわす。

わたしは今こそとばかり、席《せき》から立ち上がった。

「みなの者。先生たちの会議《かいぎ》が終わったら、不動《ふどう》先生も職員室《しょくいんしつ》から解《と》き放《はな》たれる。すでに体育館が会場だとは、知られているのだ。ヤツは必《かなら》ず来るぞ。わざわざ危《あぶ》ない橋を渡《わた》らんほうがよい」

「うん、オレも和子《わこ》ちゃんと同じ意見だよ」

隼士《しゅんじ》がうなずき、コオリも座《すわ》ったまま手をあげる。

「よっちゃんがもどってきたら、不動《ふどう》はいなくなんだろ。それまで待てばいいじゃねーか」

「ぶえぇっ。でもさぁ、よっちゃんがもどってくる日が、いつか分かんないじゃんっ」

里《さと》はせっかくのパーティが流されそうな気配に、すでに涙目《なみだめ》だ。

あわれではあるが、もしも本当に、二人目のウバワレまで出てきているなら、シャレにならん。

パーティは中止、里《さと》ウバワレは即成仏《そくじょうぶつ》。

それが一番安全な流れだ。

「あたしは、里《さと》のほうに賛成《さんせい》」

我々《われわれ》と里《さと》のあいだで、だれかが手をあげた。

下川《しもかわ》と交際《こうさい》スタートしたばかりの、矢井田《やいだ》学級委員である。

「矢《や》ッちゃん……！」

里《さと》は救世主《きゅうせいしゅ》をあおいで目を輝《かがや》かせ、わたしはチィッと舌《した》を鳴らした。

彼女《かのじょ》は廊下《ろうか》に出て、段《だん》ボール箱から、水玉もようのラッピングを取りだした。

「あたしきのう、超《ちょう》がんばって、生まれて初《はじ》めてチョコを手作りしたんだよ。体育の時間にイキオイで告白《こくはく》しちゃったから、順番《じゅんばん》がおかしくなっちゃったけどさ」

「や、矢井田《やいだ》さん……っ」

三団子《さんだんご》の連《つら》なりの中から、当の下川《しもかわ》がよろめき出て、ヘナヘナと座《すわ》りこんだ。

カンドーのあまり、腰《こし》がぬけたらしい。

「里《さと》にチョコをあずけてたコたちも、みんな同じでしょっ？　今日のために準備《じゅんび》してきたんだよね？　こんなに想いをこめたのに、渡《わた》さないなんて、**チョコがかわいそうだよ！**」

その、炎《ほのお》のように燃《も》えるまなざし。

あきらめかけていたクラスメイトたちの瞳《ひとみ》にも、その炎《ほのお》が引火する。

「あたしは、あんなクソルールになんて負けないからっ。ね、下川《しもかわ》！　これ、あげる！」

矢井田《やいだ》が座《すわ》りこむ下川《しもかわ》へ、チョコをさし向けた。

「あ、あ、ありがと……っ！」

下川《しもかわ》は、おそらく彼人生史上《かれじんせいしじょう》・最大《さいだい》の輝《かがや》きを放って、チョコを受けとる。

想いのこもったチョコが、戸口をはさんで、廊下《ろうか》の外から、教室の中へ。

とたん、

キュイィィン……ッ。

どこからか、みょうな甲高《かんだか》い音が聞こえてきた。

わたしはバッと天井《てんじょう》を見上げる。

二人の真上《まうえ》の蛍光灯《けいこうとう》が、真《ま》っ赤《か》になってふくらんでいる！

「**アブねぇ！**」

コオリが上着を投げた瞬間《しゅんかん》、蛍光灯《けいこうとう》がパンッと音を立てて弾《はじ》けた。

細かなガラスの破片《はへん》が、矢井田《やいだ》と下川《しもかわ》の上に降《ふ》り落《お》ちる。

二人は「**キャッ！**」と悲鳴をあげた。

どちらもケガはないようだ。

しかし傘《かさ》がわりになったコオリの上着には、ガラスの破片《はへん》がきらめいている。

その場の全員が、絶句《ぜっく》して二人を見つめた。

「『天罰《てんばつ》』って、やっぱり**本当なんだ……っ**」

瀬戸《せと》の震《ふる》え声《ごえ》が、シンとした空気のなか、やたらと大きく響《ひび》いた。

タイミングからして、「教室への菓子《かし》持ちこみ禁止《きんし》」と「交際禁止《こうさいきんし》」、二重のルール違反《いはん》に対しての、「天罰《てんばつ》」だ。

だがこれは、天の神からの罰《ばつ》なんてモノじゃない。

不動《ふどう》に憑《つ》いたウバワレの攻撃《こうげき》で、確定《かくてい》だろう！

わたしはコオリとひそかにうなずき合う。

そして里《さと》を押《お》しのけて廊下《ろうか》へ出た。

不動《ふどう》ウバワレのしわざならば、攻撃《こうげき》をしかけてきたばかりで、まだ近くにいるはず！

現場《げんば》を押《お》さえて、ウバワレ情報《じょうほう》をゲットなりっ。

廊下《ろうか》は、さわぎをのぞきに来た野次馬《やじうま》でうめつくされている。

しかし、その中に、ひときわ背《せ》の高い不動《ふどう》の姿《すがた》はない。

「いないな……？」

「……悪気《あっき》もねぇよな？」

わたしたちは目をぱちぱち瞬《しばた》く。


「天罰《てんばつ》になんて、愛《あい》は負けない！　負けてたまるかだよ！」


背後《はいご》に響《ひび》いた声に、わたしはバッとふり返る。

里《さと》だ。

彼女《かのじょ》は高々《たかだか》と腕《うで》を突《つ》きあげる。

その手ににぎられたペンのハートが、きらりと力強く光った。

12 レッツパーリィなり！

「みんな、パーティだ！　体育館に行こうっ！」

「さ、里《さと》？　いいかげんにせんか。キケンだと分かったところだろう」

角に指をぶつけたり、蛍光灯《けいこうとう》ひとつ割《わ》れただけ――と考えたら、火の玉を投げてきたようなウバワレとくらべれば、たいしたことないかもしれんが。

さっきのは、ガラスの破片《はへん》を頭からかぶっていたら、ケガをしてもおかしくなかった。

「アミィちゃん、『天罰《てんばつ》』なんかに負けられないよ。わたしを止めないで」

聞く耳もたん里《さと》に、わたしは小声を吹《ふ》きこんだ。

「里《さと》。おそらく、不動《ふどう》先生も悪霊《あくりょう》にとり憑《つ》かれている。このままでは、不動《ふどう》ユーレイVS《バーサス》キミのユーレイの、体育館大決戦《だいけっせん》になだれこむ。いったいキミは、なにがどうして、そこまでパーティなぞに情熱《じょうねつ》を燃《も》やすのだ」

「パーティをすれば、みんな喜《よろこ》ぶ。みんな笑《わら》う。**わたしはその笑顔《えがお》が見たい**」

腕《うで》をつかんで止めるわたしを、里《さと》はふりはらった。

「わたしは行く。**パーティと、みんなの愛《あい》を守るために**」

「……っ！」

こんなにもりりしい、里《さと》の横顔は見たことがない。

常住死身《じょうじゅうしにみ》のカクゴを決めた、サムライのごとき熱《あつ》き瞳《ひとみ》だ。

パリピ・水谷里《みずたにさと》。

そのパーティと恋《こい》にかける情熱《じょうねつ》、あなどりがたし……っ！

「**レッツ・パーリィ！**」

「**イエーイ！**」

里《さと》のカクゴに心打たれたのか、今までガマンさせられた不満《ふまん》が、一気に爆発《ばくはつ》したのか。

みな声を合わせ、ずんずんと廊下《ろうか》を歩きだした。

我々《われわれ》のまえを通りすぎてゆくだれもが、決戦《けっせん》の場に向かう、サムライたちの気迫《きはく》の横顔
である。

「水谷《みずたに》っ。瀬戸《せと》も、やめなって！」

隼士《しゅんじ》が彼《かれ》らを止めようとして、追いかけて行く。

「マジでやんのかよ……っ」

「不動《ふどう》のルール押《お》しつけが、みごとに裏目《うらめ》に出たな」

上から押《お》さえつけるだけでは、禁止《きんし》したことは隠《かく》れて行われるだけ。

それをさらにしめつけるのなら、反発があってトーゼンだ。

キリスト教を禁《きん》じられての、島原《しまばら》の**ルン**……じゃない、**島原《しまばら》の乱《らん》**。

フランスでも、上からのしめつけに反発して、革命《かくめい》が起きた。

王さまはぜいたくざんまいなのに、国民《こくみん》はその日食べるパンすらない、ひどいありさま。

それでも「おとなしく税金《ぜいきん》はらえよォ」と無理《むり》を言ってくるから、不満《ふまん》が大爆発《だいばくはつ》し、王さまが政治《せいじ》のてっぺんから引きずりおろされたのだ。

命令《めいれい》できる立場だからって、権力《けんりょく》をふりかざすだけじゃ、ろくなコトにならん。

これまでの歴史《れきし》から、その失敗《しっぱい》を不動《ふどう》が学んでいさえすれば、クラスをよくするにも、もっとウマくやれたのに。

一之瀬吉乃《いちのせよしの》先生も、雑誌《ざっし》の「一之瀬吉乃《いちのせよしの》特集号《とくしゅうごう》」にて、こうおっしゃっていた。

歴史《れきし》はくり返す。

古代ローマの歴史家《れきしか》・**ツキュディデス**の言葉だと言われています。

わたしは小さいころに、この言葉を知って、「なるほど！」と思って。

人間って、どうしても同じような失敗《しっぱい》をしがちじゃないですか。

なら、そうならないように、しがちな失敗《しっぱい》を先に勉強しておけばいいんですよ。

そうしたら、同じ歴史《れきし》をくり返さずにすむでしょう？

だからわたしは、歴史小説《れきししょうせつ》を書こうと思ったんです。


ああ、ご幼少《ようしょう》・吉乃《よしの》先生の、なんとご聡明《そうめい》なコトか……！

「今回は、不動《ふどう》が歴史《れきし》から学ばず、上からひたすら押《お》さえつけたせいで、**五年一組パリピの乱《らん》**が起ころうとしているのだ……！」

コオリに一息で説明《せつめい》していると、ヒュンッとだれかが目のまえを横切った。

カメラをかまえた、やっかい忍者記者《にんじゃきしゃ》・和泉川一華《いずみかわいちか》じゃないか。

彼女《かのじょ》はパーティへくり出す行進に並走《へいそう》して、

「『不動《ふどう》先生の天罰《てんばつ》』について、どう思う？　ほんとにあると思う？　それでも先生にさからって、バレンタインパーティに参加《さんか》するの？　あとで記事にするんで掲載許可《けいさいきょか》もくださーい！」

めちゃくちゃ生き生き輝《かがや》いておる……。

ともかくっ、このままじゃ、里《さと》ウバワレと不動《ふどう》ウバワレ、体育館でユーレイ大バトル待ったなしだ。

以前《いぜん》、**紫式部**《むらさきしきぶ》さま親子の巨大《きょだい》ウバワレが、両者ぶつかり合う事態《じたい》になったコトがあった。

あれは山の中だったから、被害《ひがい》が少なかったのだ。

しかし今度は、よりにもよって大勢《おおぜい》の生徒《せいと》を集めた、体育館という密室《みっしつ》。

ジョーダンじゃない規模《きぼ》の事件《じけん》になるぞ。

遠ざかっていく行進に、コオリもごくりとツバをのむ。

「やべぇな。片方《かたほう》でも、先に成仏《じょうぶつ》させねぇと。なんも情報《じょうほう》ねぇヤツより、水谷《みずたに》のウバワレのほうが早《はえ》ぇか？」

「うむっ。しかし、里《さと》のカクゴの決まり具合からして、簡単《かんたん》にはペンを渡《わた》してくれなさそうだ」

それならば、と、わたしは腹《はら》に気合いを入れる。

「里《さと》よ、待ちたまえっ。この天照和子《あまてるわこ》も、**レッツ・パーリィなり！**」

「ハ!?」

あぜんとするコオリを置《お》きざりに、わたしは里《さと》を追いかけた。


里《さと》はハートのペンを高々《たかだか》とかかげ、みなを導《みちび》いて、勇《いさ》ましく廊下《ろうか》を歩みゆく。

となりにならんだわたしを、満面《まんめん》の笑《え》みでむかえてくれた。

「アミィちゃん、参加《さんか》してくれんのっ？　チョーうれしい！『ぜったい参加《さんか》させて！』っていってたのまれてたからさぁ」

「うむ！　キミのチラシにも、わたしの参加《さんか》は記載《きさい》されていたしなっ。期待をうらぎるワケにはいかんだろう」

「和子《わこ》、なに言ってんだよ。水谷《みずたに》を止めなきゃ、」

コオリもすぐさま横に追いついてきた。

わたしは里《さと》に見られんように、コオリに顔を近づけ、片目《かため》をバチーン☆とつぶってみせる。

――キミはしばし、だまっていたまえ！

さすがの友、わたしのアイコンタクトはちゃんと通じたようだ。

なぜか真《ま》っ赤《か》に顔をそめたものの、だまって下がってくれる。

「ところで里《さと》よ。そのペンにとり憑《つ》いたユーレイは、ずいぶんと優《やさ》しき御方《おかた》だなァ」

「でしょでしょっ！　イイ人すぎだよねっ」

こうなったら、和泉川《いずみかわ》を見習って、インタビューならぬ、誘導尋問《ゆうどうじんもん》だ！

体育館に到着《とうちゃく》するまえに、ウバワレの正体をつきとめてくれるわっ！

現時点《げんじてん》で、候補《こうほ》を考えてみるならば――。

たとえばこの「五年一組のパリピの乱《らん》」を導《みちび》くあたり、反乱系《はんらんけい》の歴史人物《れきしじんぶつ》はどうだろうか。

庶民《しょみん》の味方、正義《せいぎ》のヒーロー、「大塩平八郎《おおしおへいはちろう》の乱《らん》」の平八郎《へいはちろう》さま。

「島原《しまばら》の乱《らん》」では、キリスト教禁止命令《きんしめいれい》にさからって、キリシタンたちが、半年も城《しろ》にたてこもったのだよな。

その三・七万人が参加《さんか》した乱《らん》のリーダーは、現代《げんだい》ならまだ高校一年生の、**天草四郎《あまくさしろう》**さまだった。

反乱系歴史人物《はんらんけいれきしじんぶつ》は、まだまだまだまだたくさんいらっしゃるが。しかし、里《さと》は最初《さいしょ》から反乱《はんらん》しようとしたわけじゃないのだよな。

不動《ふどう》がルールなんて作らなきゃ、トキメキビームだけで終わっていたはずだ。

ならばやはり、ウバワレの「悲しい恋《こい》をする子どもたちを、助けてやりたい」のお言葉からして、恋愛《れんあい》カンケーの歴史人物《れきしじんぶつ》にしぼってよさそうか。

季節《きせつ》がら、聖《せい》バレンタインさまがまっさきに浮《う》かんでくるが。

三人のエピソードが合成《ごうせい》された、合体ロボ的魂《てきたましい》が、ナナシに名を食われる可能性《かのうせい》があるのか？

「なぁ、里《さと》。そのすばらしきユーレイは、なぜ手を貸《か》してくださるのだろうなァ？」

「なんかねぇ。あんま覚《おぼ》えてないらしいんだけど、自分が生きてたときに、**三角カンケー**になっちゃって、ラブラブだった人とは失恋《しつれん》したんだってぇ。かわいそーだよねぇ」

「ほう！　なるほどだ。だから、二度とそんな悲しい歴史《れきし》はくり返してほしくないと、がんばってくださってるのだな」

なるほどなるほどだっ。やはり、悲しき恋《こい》の歴史人物《れきしじんぶつ》！

さらに三角カンケーであったとは、でかした里《さと》よっ。よき情報《じょうほう》だ！

「優《やさ》しいよね〜。わたし、YUME《ユメ》ちゃんがオンスタで書いてた小説《しょうせつ》の、アミィと光《こう》と礼《れい》二郎《じろう》みたいだなぁって思ってさあ」

「ちなみに、ユーレイさんの性別《せいべつ》と国籍《こくせき》は」

「ふぇ？　**女の人だよ。日本人の**」

話しながらペンのハート部分をのぞきこもうとしたが、胸《むね》ポケットへもどされてしまった。

チィッ、おしかった。

しかし聖《せい》バレンタインさまは男性《だんせい》だ。確実《かくじつ》に候補《こうほ》からハズれた。

そして、クレオパトラさまも敵国《てきこく》の二人の英雄《えいゆう》ともろもろあったが、日本人の条件《じょうけん》からハズれる。

——三角カンケーな日本人女性《じょせい》ならば。

平安《へいあん》のロミオとジュリエット、藤原高子《ふじわらのこうし》さま？

日本最古《さいこ》の三角カンケー、プリンス兄弟の間にはさまれた額田王《ぬかたのおおきみ》さま？

しかしだな。

日本の天皇《てんのう》もショーグンも、妻《つま》がいっぱいいた。

ゆえに、歴代《れきだい》の天皇《てんのう》やショーグンまわりは、三角カンケー最多《さいた》ボッパツ地帯《ちたい》。

「三角カンケーの悲恋《ひれん》」という条件《じょうけん》にピッタリの方は、ほかにもたくさんいらっしゃる。

あともう一息、しぼりこみたい！

「里《さと》よ。この方の三角カンケーとは、兄弟がどっちも、同じ女人《にょにん》を好《す》きになって——とい
うヤツじゃないか？」

「……アミィちゃん。**なんでそんなネホリハホリ聞いてくんの？**」

「**ぎくり**」

「あやしい」

「**ぎくり**」

しまった。里《さと》のくせに察《さっ》しがよい！

「ユーレイを成仏《じょうぶつ》させるの、情報《じょうほう》が必要《ひつよう》って言ってたよねぇっ。**まさか、成仏《じょうぶつ》させちゃう
つもり!?**　パーティが終わるまで、待ってくれるってヤクソクしたじゃん！」

「バレたか。ならしかたあるまいっ。**パーティは中止せぃ！**」

わたしはいさぎよく認《みと》め、里《さと》の肩《かた》をつかんで足を止めさせた。

「アミィちゃん、ジャマしないでってば！　もうっ、みんな先に行ってて！　わたしもす

ぐ追っかけるからっ」

「分かった！」

矢井田《やいだ》と下川《しもかわ》カップルが、里《さと》のかわりに先陣《せんじん》をきり、みんなで階段《かいだん》をおりていく。

瀬戸《せと》と二団子《にだんご》はオタオタして、すぎゆく彼《かれ》らと我々《われわれ》を見くらべる。

説得《せっとく》に失敗《しっぱい》した隼士《しゅんじ》も、止まらない軍団《ぐんだん》にくちびるを噛《か》んだ。

「瀬戸《せと》、オレたちも行こう。和子《わこ》ちゃん、コオリ！　あっちがヤバい空気になったら、呼《よ》びにくるからっ。それから、不動《ふどう》先生を体育館に入れないようにがんばってみる」

「隼士《しゅんじ》くん、かたじけない！」

「隼士《しゅんじ》、ありがとな！」

彼《かれ》はすでに、状況《じょうきょう》を理解《りかい》してくれている。

ニコッと笑《わら》ってみせた隼士《しゅんじ》は、瀬戸《せと》たちの肩《かた》を押《お》して、急いで一団《いちだん》についてゆく。

おかげで、里《さと》ウバワレを成仏《じょうぶつ》させる時間をかせげるかっ？

自分も行きたくてイライラしている里《さと》を、わたしはあらためて見つめる。

「里《さと》、朝とは事情《じじょう》が変《か》わったのだ。不動《ふどう》の『天罰攻撃《てんばつこうげき》』はキケンだぞ。いくらみなの笑顔《えがお》を見たいからといって、パーティなど、命がけでやることじゃない」

「やることだもんっ。アミィちゃんだってラストサムライなら、命をかけたいときの気持ちは、分かるでしょおっ？」

「分かるがしかし！織田信長公《おだのぶながこう》は、本能寺《ほんのうじ》の変《へん》で命がピンチのときに、こうおっしゃったそうな。**『是非《もう》におよばず《しょーがない》』**！　今回はあきらめよ、里《さと》！」

「やだ！　**アミィちゃんのウソつき！」**

パーティが終わるまで待つって言ったのに、どなった里《さと》は、わたしの手をはずす。

ギラギラ目を光らせ、これまで見たこともないような険《けわ》しい顔だ。

「あ、おい」

コオリがなにか言おうとしたが、間に合わず、里《さと》はツルンッと足をすべらせる。

廊下《ろうか》の床《ゆか》に、なぜかバナナの皮っ！

抱《だ》きとめようと足をふみだしたわたしまで、続《つづ》けてツルンッ！

里《さと》はその場にひっくり返り、わたしは回転受け身からの片《かた》ひざで着地する。

「ええいっ、こんなところにバナナの皮を落としてったのは、どこのどいつだ！」

コオリはわたしを助けようとした手の行き場をなくし、立ちつくしている。

「里《さと》よ、見たことか。これも『ケンカ禁止《きんし》』ルールを破《やぶ》った『天罰《てんばつ》』だぞっ」

「こ、こんなのに負けないモン！」

里《さと》は急いで起きあがる。

「バカ者っ。たとえスッ転ぶだけでも、鎌倉《かまくら》時代の**四条天皇**《しじょうてんのう》は現代《げんだい》の小六のお年ごろ、頭を打ってお亡《な》くなりになっている！　自分の部下を転ばせるイタズラを思いつき、廊下《ろうか》に石をまいたのだが、自分でしかけたワナに、自分でおスッ転びになられたのだっ」

「そんな人知らないしぃ！」

里《さと》はペンを取りだした。

「**トキメキビィィームッ☆**」

びびびびびびっ！

飛《と》びだしたハートビームが、わたしに向かって飛《と》んでくる。

「しゃらくさい！」

首をかたむけてよければ、今度はコオリのほうへ「**トキメキビーム！**」と二撃目《げきめ》。

足止めしたいのだろうが、そもそもビームが視《み》えている我々《われわれ》に、よけられんはずがないのだ。

ガラスに反射《はんしゃ》することも分かっているから、背後《はいご》も注意すればよいっ。

連発《れんぱつ》されるビームは我々《われわれ》をかすめもしないが、里《さと》は隙《すき》をついて駆《か》けだした。

「おい、里《さと》！　待つのだ！」

「水谷《みずたに》。いいかげんにしとけ」

「やーだー！」

里《さと》は階段《かいだん》を猛《もう》ダッシュ。

一階までたどり着くなり、ペンを突《つ》きあげて叫《さけ》ぶ。

「ユーレイさん、全力攻撃《ぜんりょくこうげき》だよっ！」

とたん、里《さと》の体から青白い悪気《あっき》が立ちのぼった。

ハートから無数《むすう》の赤い光線が生まれて、こちらへ飛《と》んでくる！

「和子《わこ》！」

コオリがわたしを抱《かか》え、ビームよりもすばやく、二階のおどり場まで飛《と》びあがった。

ビームはとちゅうの段差《だんさ》でハネ返る。

だが、ハネ返ったビームが、今度は天井《てんじょう》で反射《はんしゃ》し、さらにはカベに窓《まど》ガラスにと反射《はんしゃ》しまくり、赤きカベとなった……！

あな恐《おそ》ろしや。

あのカベにツッコんだが最後《さいご》、**トキメキきゅんきゅーん**♡待ったなしということかっ。

中国の超有名軍師《ちょうゆうめいぐんし》・**諸葛孔明**《しょかつこうめい》さまは、敵《てき》をワナにはめ、相手の船を火攻《ひぜ》めにした。

船が燃《も》えあがるさまは、まるで真《ま》っ赤《か》な火のカベ。

ゆえにその戦《いくさ》を「**赤壁**《せきへき》**の戦**《たたか》**い**」と呼《よ》ぶのだがっ、これはまさに「**トキメキ赤壁**《せきへき》♡」。

やりおるな、水谷里《みずたにさと》よ！

「コオリくん、先にゆけ！」

赤いカベをさすと、コオリは一瞬《いっしゅん》も迷《まよ》わず、首を横にふった。

「行かねぇ」

「あのビームは、字消士《キミ》には無効《むこう》だったじゃないかっ。わたしは後から追う！」

「オレたちが離《はな》れたスキに、暗黒人間が和子《わこ》をねらってくるかもしれねーだろ」

コオリはまっすぐな瞳《ひとみ》でわたしを見つめ、そして離《はな》すまいと、手をつかんできた。

その瞳《ひとみ》と、手に感じる力の強さ。

——**和子**《わこ》**を守るのはオレだ。**

この赤い炎のような瞳《ひとみ》に見つめられると、そう宣言《せんげん》してくれたときの声が、耳によみがえってしまう。

わたしはなんだか、心臓《しんぞう》までギュッとにぎられたような気持ちになる。

「オレは和子《わこ》の、**ば――**、なんでもねぇ」

彼《かれ》はなにか言いかけて、中途《ちゅうと》ハンパに言葉を切った。

わたしの「ば」？　「馬鹿《ばか》」？　「**馬謖《ばしょく》**」？

馬謖《ばしょく》さまは、諸葛孔明《しょかつこうめい》さまのもとで働《はたら》いた大将軍《たいしょうぐん》だが、孔明《こうめい》さまの作戦《さくせん》どおりに動かなかったせいで、泣《な》く泣《な》く処刑《しょけい》されてしまったのだ。

コオリは「和子《わこ》の作戦《さくせん》はスルーするが、馬謖《ばしょく》さまみたいなヘマはしないぞ」と言いかけたのかな。

彼《かれ》はまるで、急にこみあげてきた涙《なみだ》をこらえるように、素早《すばや》くまばたきをする。

「とにかく、オレは和子《わこ》を守る。**絶対《ぜったい》に守りきんなきゃいけねぇ**」

彼《かれ》はそれだけ言いきって、また赤いカベへ目をもどした。

13 新《あら》たなるウババワレ！

トキメキ赤壁《せきへき》♡がやっと消えたあとには、すでに里《さと》はいなくなっていた。

あとを追う我々《われわれ》とは、別《べつ》のルートで体育館をめざしたかっ？

階段《かいだん》を駆《か》けおりながら、コオリのスマホで森《もり》つぐみに連絡《れんらく》をとる。

「つぐみくんっ。里《さと》の大ピンチだ！　今すぐ体育館へ向かってくれたまえ！」

『わ、分かった……！　電車だから三十分以内《いない》に、ううん、**十五分で行く！**』

さすがは里《さと》の親友だっ。

家からすぐさま駆《か》けつけてくれるらしい。

里《さと》には、我々《われわれ》が説得《せっとく》するよりも、つぐみの言葉のほうがとどくだろう。

「そういえば、礼《れい》くんはどうしてるんだ」

「連絡《れんらく》ねーってことは、なんかやってんだろな」

と思ったら、スマホに向こうから着信《ちゃくしん》だ！

「礼《れい》くん、わたしだっ」

『若《わか》といっしょですか？　ぼくは体育館まえです。どうせパーティ会場に、水谷里《みずたにさと》も不動《ふどう》も来ると思ったんで、最初《さいしょ》からこっちを張《は》ってるんですけど。天照《あまてる》さんたちは？』

なるほど、ムカつくほどムダのない男だ、狸腹無礼《たぬきはらぶれい》！

「今、里《さと》の説得《せっとく》に失敗《しっぱい》して、そちらへ急行中だっ。体育館のようすはどうだね」

『生徒《せいと》が山ほど集まってます。水谷里《みずたにさと》と不動《ふどう》は、まだ来てないですね』

「よし、必《かなら》ずや入り口でとっつかまえてくれ！　はさみ撃《う》ち作戦《さくせん》だっ」

里《さと》ウバワレに、不動《ふどう》ウバワレ。さらにナナシが出てきたら、メンドーが三倍だっ。

いや、ついでに暗黒人間も出てくれれば、よっちゃん先生を救出《きゅうしゅつ》できるか？

ヤツが回復《かいふく》しきるより早くに、先生を助けたいのは山々《やまやま》だが……っ。

ええいっ、とにもかくにも、今は里《さと》と不動《ふどう》をかたづけねばだっ。

昇降口《しょうこうぐち》から飛《と》びだし、裏庭《うらにわ》から体育館へ急行する。

里《さと》ウバワレは、三角カンケーな、古代の日本女性《じょせい》なのだよな。

あと一押《ひとお》しがあれば正体が分かりそうだが、不動《ふどう》ウバワレのほうはどうだ……!?

考えている間に、もう体育館が見えてきた！

閉《し》まったとびらの手前に、数名の生徒《せいと》が門番のように立っている。

「若《わか》、天照《あまてる》さん」

そして我々《われわれ》を見つけた礼《れい》が、こちらに走りよってきた。


「礼《れい》くんっ、里《さと》は!?」

「来てませんね。追いこしてきました?」

「そんなハズねーよ。あいつ、だいぶ先を走ってったぞ。オレたちは足止め食らってたから」

「足止め? シロウト相手に、だっせーですね」

しかし体育館に入るには、必《かなら》ず、この正面入り口まえを通るはずだ。

すでに中からは、参加者《さんかしゃ》たちのにぎやかな声が聞こえてくる。

会場は体育館でまちがいないハズなのに、里《さと》はどこへ行った?

楽しそうな空気からして、まだ「天罰攻撃《てんばつこうげき》」は起こっていないようだが……っ。

すでに里《さと》が不動《ふどう》に捕《つか》まっていて、ベツの場所でウバワレバトルへ突入《とつにゅう》している——なんてことはあるまいなっ？

校舎《こうしゃ》をふり返ったわたしは、目をこすった。

「おや？」

みょうに景色《けしき》が青白い。

夕暮《ゆうぐ》れの空を見上げ、また体育館へ、そして校舎《こうしゃ》へと目をうつす。

……やはり。

赤い夕陽のなかで、建物《たてもの》だけ、いいや、裏庭《うらにわ》の地面にも青い色がにじんでいる。

「これはまさか、**悪気《あっき》か？**」

つぶやいたわたしに、字消士《じけし》二人も瞳《ひとみ》を光らせ、校舎《こうしゃ》を見上げた。

「本当だ。いつからこんな？　今まで気づきませんでした」

「わたしも光のかげんかと思っていた」

「お、おい。あれ……！」

コオリがめずらしく、声を震《ふる》わせた。

うっすらと青白い悪気《あっき》がおおう、新校舎《しんこうしゃ》。

我々《われわれ》の教室がある、その建物《たてもの》の中央が、黒くにごりはじめた。

その〝黒〟は墨汁《ぼくじゅう》がにじむように、カベを、窓《まど》を、みるみるのみこんでいく。

校舎《こうしゃ》の真《ま》ん中《なか》に、巨大《きょだい》な黒い円ができあがった。

そこからニュゥゥッと、なにかが突《つ》きだしてくる……！

わたしたちは一歩下がり、大きく息をすいこんだ。


真《ま》っ黒《くろ》な、巨大《きょだい》な男の顔。

校舎《こうしゃ》の二階から三階にとどくような大きさの顔が、なにかを探《さが》すように、ぐにゅぐにゅ顔面を波打たせながら、顔の向きを変《か》える。

ウ、ウバワレだ！
里《さと》のペンに憑《つ》いている方《かた》とはちがう。

ならばあれが、不動《ふどう》に憑《つ》いている御方《おかた》なのだっ。

「**学校全体に憑《つ》いていたのか……!?**」

そうか。だから不動《ふどう》は自分が近づかなくても、学校の中なら、どこでも「天罰攻撃《てんばつこうげき》」を発動できた。

そして攻撃《こうげき》を発動するときだって、わざわざ姿《すがた》をあらわさなくていい。

この学校全体が、**ウバワレの腹《はら》の中**のようなものだったのだ。

我々《われわれ》はずっと、つかまえようとしていたウバワレの、腹《はら》の中にいた……！

顔立ちは、黒いモヤでまったく分からん。

すでに完全《かんぜん》に我《われ》を失《うしな》っていらっしゃるぞっ。

「マ、マジかよ。こんなん視《み》たの、初《はじ》めてだ」

「この面積《めんせき》にまるごと憑《つ》けるほど、強力なウバワレってことですよね……!?」

礼《れい》はメガネをはずして、胸《むね》ポケットにしまう。

だがすぐに、ぶるりと頭をふった。

「いや、さすがにありえないか。自分のコントロールがきく範囲《はんい》を、限界《げんかい》まで**うすく広げた**？」

「なるほどだ、礼《れい》くん。悪気《あっき》がうすすぎて、我々《われわれ》は自分たちがウバワレの腹《はら》の中だと気がつけなかった。そしてうすいから、バナナの皮やら、せいぜい蛍光灯《けいこうとう》ひとつ割《わ》るくらいの攻撃《こうげき》しかできなかった。そういうことか」

「ええ。たおすのは、意外とカンタンかもしれませんよ」

「あー……と？　つまり、**デカいだけで弱《よえ》ぇ**ってコトか」

コオリがザッにまとめおった。

校舎《こうしゃ》のカベから突《つ》きだした巨大《きょだい》な顔。弱くとも、大ハクリョクの光景《こうけい》だ。

わたしは冷《つめ》たいアセが、あごからしたたり落ちる。

あんなモノに憑《つ》かれている不動《ふどう》は、無事《ぶじ》なのか？

職員会議《しょくいんかいぎ》でモメて、よけいに暴走《ぼうそう》を早めたのかもしれん。

不動《ふどう》もだが、校長たちもヤラれてるんじゃないだろうなっ。

「今のうちに、とっとと消したいんですけど。天照《あまてる》さん、あいつの正体は？」

礼《れい》にせっつかれて、わたしはごくりとノドを鳴らす。

「ま、待て。考えているっ」

しかしこの黒い顔だけじゃ、正体がどなたなのか、まったくヒントがないっ。

不動《ふどう》ウバワレの候補《こうほ》は、なにが考えられるっ？

今まで不動《ふどう》は、やたらと生徒《せいと》をルールでコントロールすることにこだわっていた。

ならばそういう、**ルール作りで高名な歴史人物《れきしじんぶつ》**っぽいよな。

ルール作りのさきがけは、「みんな平和に仲《なか》よくね」の憲法《けんぽう》を決めた聖徳太子《しょうとくたいし》さま。

日本の基本《きほん》ルールを作りあげた、「スーパー働《はたら》き者皇子《ものおうじ》ブラザーズ」な中大兄皇子《なかのおおえのおうじ》と、弟の大海人皇子《おおあまのおうじ》。

さらにその後、日本初《はつ》のルールブック「**大宝律令**《たいほうりつりょう》」を作ったのは、**藤原不比等**《ふじわらのふひと》さま。

この方は、中大兄皇子《なかのおおえのおうじ》がもっとも信頼《しんらい》した家臣《かしん》、中臣鎌足《なかとみのかまたり》さまの息子《むすこ》さんなのだ。

ここらへんの歴史人物《れきしじんぶつ》、みんなありえそうだぞっ。

早口で説明《せつめい》するわたしに、コオリが新しい消札《けしふだ》をくれた。

そして自分も、巨大校舎《きょだいこうしゃ》ウバワレを見上げる。

「〝中野《なかの》**オエー**の王子《おうじ》〟と〝大甘《おおあま》の王子《おうじ》〟と……、あとなんだっけ。まだけっこう、候補《こうほ》がいそうだな」

「キミの候補《こうほ》が、今にも吐《は》きそうな王子やら優《やさ》しすぎの甘々王子《あまあまおうじ》みたいになってるのはともかく。そうなのだ、まだしぼれる段階《だんかい》ではないっ」

「一族の次期てっぺんがコレかと思うと、悲しくなりますよ」

そしてたぬきは額《ひたい》に手をあててガックリする。

ほかにも、初《はじ》めてサムライ向けのルールを作った、鎌倉《かまくら》時代のカリスマ政治家《せいじか》・**北条泰**《ほうじょうやす》

時公《ときこう》もありえるか？

しかし、そのサムライルールは、「悪口は禁止《きんし》！ ヤバいこと言ったら島流しするし、軽くたって牢屋《ろうや》行きだからね！」と、とっても平和的《へいわてき》だった。

泰時公《やすときこう》ご自身も、気配りじょうずな方《かた》だったそうだし、ううむ、不動《ふどう》のピリピリした性格《せいかく》と、波動が合いそうにない……っ？

そうだ、不動《ふどう》のほうは、世界史《せかいし》の歴史人物《れきしじんぶつ》の可能性《かのうせい》も考えなきゃならんぞ。

世界最古《さいこ》の法律《ほうりつ》は、今のイラクあたりで、なんと四千年以上《いじょう》まえに、**ウルナンム王**が決めたものだ。

基本《きほん》は「なんかやらかしたら、罰金《ばっきん》はらえ」なのだが、「ケンカで武器《ぶき》を使ったら、**殺《ころ》サレルベキデアル**。ドロボウしても、**殺《ころ》サレルベキデアル**」などと、なかなかハードだ。

その次が**ハンムラビ王**が作った、「目には目を歯には歯を」で有名な、「やられたら、同じぶんだけやり返せ」って法律《ほうりつ》だ。

「復讐《ふくしゅう》していいのは、やられたぶんまでなっ。**やりすぎんなよ！**」ってルールなので、最初《さいしょ》のウルナンム王の「**殺《ころ》サレルベキデアル**」より、ハンムラビ王のほうがお優《やさ》しいかもしれん。

――日本でも世界でも、みんなを支配《しはい》するルール作りができる立場なら、生きていらしたころは、政治《せいじ》のてっぺんに君臨《くんりん》した、ツヨツヨの権力者《けんりょくしゃ》だぞ……！

わたしは、校舎《こうしゃ》のまっくろ巨大顔《きょだいがお》のウバワレをふりあおぐ。

「愛《あい》があればー！　ルールにもーっ、先生にもーっ、負けなぁーい！」

「!?」

校舎《こうしゃ》にばかり注意していた我々《われわれ》は、そろって背後《はいご》をふり返った。

今、体育館の中から、里《さと》の声が聞こえてきた！

しかも、マイクごしの音量《おんりょう》だった。

もうパーティがスタートしているっ？

ずっととびら前で張《は》っていてくれた礼《れい》は、大きく目を見開く。

「いつの間に、中に……！」

「里《さと》のウバワレは、ワープでも使えるのかっ？」

「分かんねぇけど、やべぇぞ！」

コオリの視線《しせん》のさき、校舎《こうしゃ》の巨大《きょだい》ウバワレの顔は、目玉の場所すらあいまいなほど、闇《やみ》におおわれてしまっている。

だが鼻の角度からして、確実《かくじつ》に、体育館《こちら》を見ている……！

学校全体が、不動《ふどう》ウバワレルールの支配下《しはいか》にあるのだ。

体育館にいたって、「ケンカ禁止《きんし》」と「交際禁止《こうさいきんし》」を破《やぶ》ったら、天罰攻撃《てんばつこうげき》が発動するぞっ。

「あの顔の正体はサッパリだが、里《さと》ウバワレのほうが正解《せいかい》に近いっ。コオリくん、あちらを先に成仏《じょうぶつ》させよう。礼《れい》くん、キミは不動《ふどう》ウバワレの足止めをっ！」

「いいですよ」

おや？「なんでぼくが、天照《あまてる》さんの言うコトを聞かなきゃいけないんです」と、しぶられるかと思いきや。

礼《れい》はニッコリ、笑顔《えがお》で引きうけてくれた。

なにやらあやしい気がするが、常《つね》にあやしい**腹黒《はらぐろ》だぬき**にかまっている場合じゃないっ。

「ゆくぞ、コオリくん！」

「おう！」

礼《れい》は校舎《こうしゃ》のほうへ走りだし、わたしたちも体育館のとびらに飛《と》びついた。

いざ、討《う》ち入《い》りなり！

——と勇《いさ》んだが。とびらを引いても、ぴくりとも動かん。

中からカギがかかっている？

そこに、門番役の男子二人が駆《か》けよってきた。

「ダ、ダメだよっ！　入らないで！」

「天照和子《あまてるわこ》さんと狐屋《きつねや》コオリくんだよねっ？　二人は中に入れるなって言われてるんだ！」

とびらにかけた手をつかまれて、わたしとコオリは、

「「**アァ？**」」

ガラ悪く、顔をしかめた。

14 乱戦《らんせん》！　混戦《こんせん》！　大合戦《だいかっせん》!!

反撃《はんげき》を許《ゆる》さず一撃《いちげき》でしとめれば、
こんなところで、モダモダしている時間はないっ。

「コオリくん、手刀《しゅとう》で気絶《きぜつ》でもさせて、門番からカギをうばうか？」

「でもそれ、『ケンカ禁止《きんし》』ルールに引っかかるんじゃね？」

「否《いな》。ケンカとは、おたがいにやり合ってこそケンカ。

セーフであろう！　たぶん！」

「なるほどな」

わたしはコオリくんとアイコンタクト。

門番の二人は、不穏《ふおん》な気配を察《さっ》したか、ヒッと後ずさる。

ルール違反《いはん》ギリギリをねらおうとしたところで、

「和子《わこ》ちゃん！　コオリ！」

隼士《しゅんじ》が体育館のわき道で、腕《うで》を大きくふっている。

なにかよき案《あん》でもあるのかっ。

命びろいした門番を捨《す》ておき、すぐさま隼士《しゅんじ》のところへ走る。

「こっちに、**体育館に入れる抜《ぬ》け道《みち》**があるんだっ。来て！」

「なんと！　隼士《しゅんじ》くん、かたじけないっ」

危《あや》うく手を汚《よご》すところだった。

たのもしき友のあとを、我々《われわれ》は小走りについていく。

「ごめん。水谷《みずたに》を説得《せっとく》したんだけど、『**うるさぁい！**』って、ぜんぜん聞いてくんなくって。瀬戸《せと》たちには、中のようすを見てもらってる」

「そうか。いや、がんばってくれてありがとう。キミたちがいることが、まことにたのもしい」

「隼士《しゅんじ》。中はどのくらい集まってんだ」

「学年集会のときより、ずっと多いから……、二百人くらいはいると思う」

この高天原小《たかまがはらしょう》に、そんな数の潜伏《せんぷく》パリピがいたか。

しかし、それだけの数がいる中で天罰攻撃《てんばつこうげき》されたら、たとえうす味の攻撃《こうげき》だって、ただじゃすまんぞっ。

隼士《しゅんじ》を先頭に、我々《われわれ》は体育館のウラへまわる。

「サッカークラブは、雨だと筋《きん》トレなんだけどね。瀬戸《せと》たちが、いつの間にかいなくなっちゃうんだよ。なのに、先生が来るタイミングで、ちゃっかりもどってきてて」

「さすがは瀬戸《せと》だな」

隼士《しゅんじ》は体育館のおしりがわ、倉庫《そうこ》の前で立ち止まった。

「アハハ。でも意外とがんばってんだよ。で、あいつら倉庫《そうこ》に用があるフリして、このとびらから逃《に》げてたんだ。ここはカギが壊《こわ》れてて、出入り自由になっちゃってるんだよね。水谷《みずたに》が隠《かく》れてパーティの準備《じゅんび》をしてたのも、ここから忍《しの》びこんでたみたい」

彼《かれ》は慎重《しんちょう》にとびらを引く。

ギィィッと音を立ててとびらが開くと、中はうす暗い。

司会《しかい》をする里《さと》の声や、ノリノリの音楽が、ひときわ大きく聞こえてきた。

大きな鉄カゴに入ったボール類《るい》、マットやとび箱。

ほこりっぽい倉庫《そうこ》の中を突《つ》っきり、フロアに出る次のとびらをめざす。

まだ目がなれずにシルエットしか見えんが、奥《おく》のとびらのすき間《ま》から光がもれている。

我々《われわれ》は上下につらなり、三団子《さんだんご》ジョータイで、フロアをのぞきこんだ。

バレンタインパーティに集《つど》いたる二百人。

彼《かれ》らの声をかき消すほど、大きなBGM《ビージーエム》が鳴りひびいている。

まるでダンスホールのどんちゃんさわぎだ。

みなの背中《せなか》にはばまれて、ステージはまったく見えん。

しかし、悪気《あっき》の青白い光が、まるでステージライトのように前方を輝《かがや》かせている。

あれは、広くうすくの不動《ふどう》ウバワレの悪気《あっき》ではなく、里《さと》ウバワレのほうだよな。

あちらもすでに、暴走《ぼうそう》まぢかなんじゃないかっ？

「さぁ、みんなー！　お待ちかねのバレンタインデイズ、最終日《さいしゅうび》だよぉ！　ふどっちのせいで、渡《わた》しそこなってたチョコを、**このラストチャンスでぇ――？**」

「渡《わた》す〜〜っ！」

里《さと》のあおりに、一同が声をそろえる。

体育館全体がゆれんばかりの大音声《だいおんじょう》だ。

このさわぎの中なら、多少ハデに動いたってバレないだろう。

「よし、コオリくん、作戦《さくせん》だ。里《さと》のペンをうばって、憑《つ》いている方《かた》の特徴《とくちょう》を教えてくれ。わたしはビームをよけながら、正体をしぼりこむ」

「分かった」

字消士《じけし》はどうやら、ときめきビームを受けても影響《えいきょう》ナシ。

そしてもし「ケンカ禁止《きんし》」のルール違反《いはん》と判定《はんてい》されても、この男の運動神経《うんどうしんけい》ならば、回避《かいひ》できるだろう。

不動《ふどう》ウバワレは、支配領域《テリトリー》を広くしているかわり、たいした攻撃《こうげき》はできんと分かったところだ。

「そして隼士《しゅんじ》くん。キミにもたのんでよいか」

正面から見つめるわたしに、隼士《しゅんじ》は目を見開いた。

そして瞳《ひとみ》をきらめかせ、大きくうなずいてくれる。

「**友だちの役に立てんの、**めちゃくちゃうれしいよ」

「……ありがとう。コオリくんがペンをうばってステージを離《はな》れしだい、みんなに『解散《かいさん》しろ』とマイクでうったえてほしい」

「みんなに」

隼士《しゅんじ》はわたしの言葉を、そのままくり返した。

「うむ。人気者で信頼《しんらい》されているキミの言うことなら、我々《われわれ》が呼《よ》びかけるより、効果《こうか》があると思うのだ」

しかし、盛《も》りあがりまくる二百人をジャマするようなマネは、さすがにキビしいか？

隼士《しゅんじ》は数秒だまりこんだ。

だが、グッと深く、あらためてうなずく。

「やってみる。オレの命の恩人《おんじん》で友だちの二人にたのまれたら、断《ことわ》れるハズないよね」

笑《わら》ってみせた隼士《しゅんじ》は、腹《はら》の決まったサムライの顔だ。

わたしは彼《かれ》に笑《え》みかえす。

「いざ、出陣《しゅつじん》だ！」

「行くぜ隼士《しゅんじ》！」

「おうっ！」

わたしは隼士《しゅんじ》の右肩《みぎかた》を、コオリは彼《かれ》の左肩《ひだりかた》を、同時にパンッとたたく。

そしてステージへ向かって、三人で走りだした！

体育館フロアは、すでに乱戦《らんせん》・混戦《こんせん》・大合戦《だいかっせん》！

二百人の生徒《せいと》たちがステージに殺到《さっとう》し、段《だん》ボール箱から、自分のチョコを回収《かいしゅう》している。

そして、さっそく意中の相手をさがしにかかる。

その中に、だれかをさがしているようすの、音々《ねね》とユリハも見つけた。

ステージには、「♡**バレンタインパーティ**♡」と、ピンクの横断幕《おうだんまく》。

ハート形《がた》の風船が、大量《たいりょう》にしきつめられている。

まったく、よくもここまで、不動《ふどう》の目をぬすんで準備《じゅんび》したものだっ。

里《さと》はステージの上でペンを持った腕《うで》をふりふり、曲に合わせておどっている。

——ように見えて。

メガネごしのわたしの目には、あやつが**トキメキビーム**をフロアに向かって撃《う》ちまくっているのが視《み》え視《み》えだぞっ！

ビームを食らった生徒《せいと》たちは、あちらこちらで**ほわぁぁん**♡オーラを噴出《ふんしゅつ》している。

だが、まだ「天罰《てんばつ》」を食らった生徒《せいと》はいないようだ。

きゅん♡しても、「**我《われ》ら交際《こうさい》す！**」と宣言《せんげん》しなければ、ギリセーフかっ？

わたしたちは三方から、桃色《ももいろ》オーラと人ゴミをかきわけて里《さと》をめざす。

「ちょいとすまんな！」

チョコを渡《わた》そうとする二人の腕《うで》の下を、ひょいとくぐる。

「交際禁止《こうさいきんし》」ルールを破《やぶ》る者が出るまえに、里《さと》ウバワレを止める！

コオリは、もう里《さと》のもとへたどり着いた。


ダンッ！


ステージへ飛《と》びのったはずみに、大量《たいりょう》の風船が舞《ま》いあがる。

「うわっ、狐屋《きつねや》くん!?　入っちゃダメって言ったでしょお!?」

「オレたちは**強制参加**《きょうせいさんか》なんだろっ！」

里《さと》とコオリが向かいあったとたん、ハートペンから青白い悪気《あっき》が噴《ふ》きあがった！

ジャマ者の登場に、ウバワレが怒《おこ》ってらっしゃるのだ。

コオリが里《さと》とキョリをつめようと、体をしずめた、その時だ。


ドオンッ！


背後《はいご》からどデカい音と、ほこりが立ちのぼった。

ふり向けば、入り口のとびらがふっ飛《と》んで、床《ゆか》にたおれていく。

そこに立ちはだかるのは、狸原礼《たぬきはられい》だ。

カギのかかったとびらを、ぶっ壊《こわ》して入ってきたのか!?

「若《わか》、止まれ！」

礼《れい》がめずらしく大声を出した。

その一声に、今にも里《さと》に飛《と》びかかろうとしていたコオリは、ズコッと転び、風船のなかへ顔をツッコむ。

「なんだよ、礼《れい》っ！」

ハート風船にうもれた、最凶不良《さいきょうふりょう》の絵ヅラ。

おかわいらしさに笑《わら》ってしまいそうだが、その隙《すき》に、里《さと》がステージのそでへ逃《に》げてゆく！

わたしもやっとステージへたどり着いた。

少し遅《おく》れて、隼士《しゅんじ》が到着《とうちゃく》。

彼《かれ》はすぐに下川《しもかわ》からマイクをうばい、すううっと大きく息をすいこむ。

『みんなー！　パーティは中止だ！　キケンだから解散《かいさん》してっ！』

そして礼《れい》も、すぐさま合流してきた。

「若《わか》、天照《あまてる》さん。状況《じょうきょう》が変《か》わりました」

彼《かれ》はいつの間にやら、全身ずぶぬれだ。

「キミはどうしたのだ」

「雨でもふって――ねぇよな」

コオリが風船の山から身を起こす。

礼《れい》は赤い瞳《ひとみ》を光らせ、ぬれた前髪《まえがみ》をかきあげた。

「校舎《こうしゃ》に浮《う》きでた、あのウバワレの顔。メンドーだから**消札《けしふだ》で攻撃《こうげき》したんですけど**」

「ンなっ!?」

こいつ、ハナからさっさと消滅《しょうめつ》させるつもりで、あの場をまかされたフリをしたのだなっ！

「礼《れい》、まだ消すなっつっただろ！」

「消しそこないましたよ。いきなりグラウンド中のスプリンクラーが噴《ふ》きだして」

「あっ、そうか！　ウバワレへの攻撃《こうげき》も、『ケンカ禁止《きんし》』ルールにふれるのだなっ？　それで天罰《てんばつ》がくだったと」

「そのようですね。ぼくを水煙《みずけむり》で目隠《めかく》ししてるあいだに、あいつは校舎《こうしゃ》から離《はな》れたようです。おそらく不動《ふどう》に憑《つ》きなおして、いっしょにこちらへ向かってくるつもりだ」

話を聞くなり、わたしは青ざめた。

「……待てよ、礼《れい》くん。今までは学校全体が、不動《ふどう》ルールの支配領域《テリトリー》だったが。ウバワレが不動《ふどう》に憑《つ》いてこっちに来てるなら――、」

「ええ。体育館だけをテリトリーにするでしょうね。だったら、広く弱くじゃなく、せまく強くの攻撃《こうげき》ができる」

「つまり、ヤベーってコトだな」

またコオリがおおざっぱにまとめおった。

ウバワレに攻撃《こうげき》するのも、ルール違反《いはん》の天罰対象《てんばつたいしょう》。

そしてその天罰《てんばつ》は、今度は転ぶていどじゃすまなくなるぞ。

もしも不動《ふどう》ウバワレの正体が、ハンムラビ王だったら、「やられたら、同じぶんだけやり返せ」のルールだ。

コオリたちが消札《けしふだ》で斬《き》れれば、「**天罰**《てんばつ》」で斬《き》りかえされる……っ？

最悪《さいあく》、ウルナンム王だったらば、最大《さいだい》の罰《ばつ》は「**殺**《ころ》**サレルベキデアル**」だぞっ！

「これは、天罰攻撃《てんばつこうげき》が発動するまえに、成仏《じょうぶつ》させるしかないぞっ。つまり、不動《ふどう》ウバワレへの攻撃《こうげき》は、確実《かくじつ》に成仏《じょうぶつ》させられる**一回だけ**しかできない！」

字消士《じけし》たちはシンとなった。

「……和子《わこ》。水谷《みずたに》のほうはどうする」

「作戦変更《さくせんへんこう》だ。今の状況《じょうきょう》じゃ、里《さと》からペンを取りあげれば、ケンカ判定《はんてい》で、殺《ころ》されるレベルの天罰《てんばつ》が返ってくるかもしれん。先に不動《ふどう》ウバワレを成仏《じょうぶつ》させ、『高天原小《たかまがはらしょう》ルール』を解除《かいじょ》させるのだ。一撃《いちげき》でな」

考えながら作戦《さくせん》を立てるわたしに、コオリは「マジかよ」とうめく。

不動《ふどう》はおそらく、すぐにここへ到着《とうちゃく》する。

そうなれば、愛《あい》を守りたいウバワレと、ルールを守らせたいウバワレの一騎打《いっきう》ちだ。

『みんな、このままいたらヤバいんだよっ。全員、体育館から出ろ！』

隼士《しゅんじ》はマイクで大声をはってくれている。

だが、どデカいＢＧＭ《ビージーエム》にまぎれて、フロアの生徒《せいと》たちにはとどいていない。

そのうえ、下川《しもかわ》と矢井田《やいだ》のカップルが、逆《ぎゃく》に隼士《しゅんじ》からマイクを取りあげようとしはじめた。

だれも、事態《じたい》のヤバさに気づいておらん……！

――しかし。うるさいＢＧＭ《ビージーエム》が、急にフツッと止まった。

静《しず》かになったフロアで、みんな一瞬《いっしゅん》きょとんとする。

「鷹村《たかむら》〜ッ！　一華《いちか》ちゃんが曲を止めてくれたっ！」

瀬戸《せと》と二団子《にだんご》が、ステージそでから駆《か》けだしてくる。

でかした！　持つべきものは、瀬戸《せと》とほか二名！

合流した三人の肩《かた》を、わたしは感謝《かんしゃ》をこめてバシバシとたたく。

「和泉川《いずみかわ》センパイも動いてくれたのかっ」

「曲がうるさすぎて、インタビューどころじゃないって」

「そっちか！」

ともかくこれで、みなに隼士《しゅんじ》の声がとどく！

隼士《しゅんじ》はうなずき、あらためてマイクを持ちなおす。

『みんな！　パーティは中止、』


「もう、わたくしたちの恋《こい》を、ジャマしないでぇぇ〜〜〜〜っ！」

隼士《しゅんじ》の声をさえぎる叫《さけ》びが、上のほうから!?

見まわすと、二階の高さの回廊《かいろう》に、里《さと》の姿《すがた》を発見した。
我《われ》らが立つステージから、ちょうどフロアの反対がわの回廊《かいろう》。
入り口の真上《まうえ》に立つ彼女《かのじょ》は、体から青白い悪気《あっき》を立ちのぼらせているっ。
なんと、逃《に》げたのではなく、あんなところに移動《いどう》したかっ！
しかも、里《さと》の声じゃなかった。
もっとオトナの女人《にょにん》の声……！
いよいよ里《さと》が**ウバワレにのっとられたか!?**
止める間《ま》もない。
里《さと》、いや、ウバワレは、ハートペンをふり上げたっ。
「トキメキビィィィィム!!」
出力マックスのビームが、大量《たいりょう》の矢となり、フロアに降《ふ》りそそぐ！

一華《いちか》センパイの取材《しゅざい》ノート⑦

極秘《ごくひ》

バレンタインデイズに盛《も》りあがる、高天原小《たかまがはらしょう》。報道部《ほうどうぶ》は、渦中《かちゅう》の生徒《せいと》たちにトツゲキ取材《しゅざい》を試《こころ》みた。

これから意中の相手にアタックを考えている読者は、ぜひ参考《さんこう》にしてほしい。

Aさん　渡《わた》した相手：さわやか男子

次《つぎ》の恋《こい》に踏《ふ》みだす勇気《ゆうき》はあるか

実はあきらめてたんです。あきらかに好《す》きな人がいるみたいだったから。でも、最近《さいきん》どこか雰《ふん》囲気《いき》が変《か》わったというか、吹《ふ》っ切《き》れた感じがするというか。もしかしてわたしにもチャンスあり？　って。絶対《ぜったい》に仲良《なかよ》くなってみせます！

Bさん　渡《わた》した相手：パリピ

一粒《ひとつぶ》チョコが本命チョコに変わるか

渡《わた》したっていうか、これから渡《わた》そっかな的《てき》な。バレンタインデイズ（？）にビンジョーして告白《こくはく》しちゃえ☆みたいなノリで。あたし知ってんだよね。カレ、いじられキャラだけどさ、結構《けっこう》カワイイ顔してるって。バイブス合う気がしてんだ～。

Cさん　渡《わた》した相手：ウワサの転校生

メガネの奥《おく》の瞳《ひとみ》は笑《わら》っているのだろうか

紳士《しんし》で優《やさ》しくて、すてきですよね。え？　裏《うら》の顔がありそう？　うふ、そんなのわかってます♡わたし、ずっとずっとずっとずっとあの方を凝《ぎょう》視《し》してるんですもの。ああ、いつかわたしも、冷《ひ》ややかな「バカじゃねぇですか」のファンサをちょうだいできますように……♡

15 黒歴史《くろれきし》、爆誕《ばくたん》！

里《さと》めっ。無差別大量《むさべつたいりょう》コーゲキとは、やっぱりもう我《われ》を失《うしな》っているな!?
コオリと礼《れい》がわたしを背中《せなか》にかばい、自分たちがビームを食らった。
そして隼士《しゅんじ》たちは、ビームが視《み》えないのだっ。
なにかおかしな事態《じたい》になっているのは分かっても、逃《に》げようがない。
全員そろって、みごとにビームを食らってしまった！
「目を閉《と》じよ！　目が合った相手と、**トキメキきゅんきゅん**♡になるぞ！」
わたしがすかさず叫《さけ》ぶと、こっちをふり向きかけた隼士《しゅんじ》は、まっさおになる。
「せっかくがんばってあきらめたのにっ、**水谷《みずたに》のバカァ！**」
両手でまぶたをおおい、その場にしゃがみこむ。
よくも隼士《しゅんじ》の心のキズに、たんねんに塩《しお》をスリこむようなマネを……！
いっぽう、瀬戸《せと》と二団子《にだんご》は手おくれだ。

「せ、瀬戸《せと》って、こんなにカッコよかったっけ……？」

「え、そんなっ。ごめん**中島**《なかじま》。ボクは**上原**《うえはら》のことが好《す》きかもしれない」

「マジで？　ごめん瀬戸《せと》、オレは中島《なかじま》が好《す》きみたいだ……っ！」

まぬけなことに、一方通行の三角カンケーとなった三人だけじゃない。

フロアじゅうが、桃色《ももいろ》どころか、真《ま》っ赤《か》レベルのオーラに包《つつ》まれているっ。

マックス出力のトキメキビーム、ほれ薬なみの効果《こうか》だぞっ。

だれかが「交際禁止《こうさいきんし》」ルールを破《やぶ》るのは、時間の問題！

「コオリくん、礼《れい》くん、外へ出よう！　不動《ふどう》ウバワレをむかえ討《う》ち、あちらを先に成仏《じょうぶつ》
……させ……るの…………ハ？」

コオリと礼《れい》は、**見つめ合ったままフリーズしている。**

あかね色とは、太陽が光り輝《かがや》くような色のコトだが。

二人ともほっぺたが、まさに、あかね色だ。

うっかり目を合わせたキツネとたぬきに、**恋**《こい》**が、めばえている？**

あいだに立つわたしは、左右から響《ひび》いてくる、トキメキ心音の**ドッドッドッドッ**という音で、
ダンスのビートがきざめそうだ。

「こっ、こっ、これなんだよっ。字消士《じけし》には、ビームは効《き》かねーんじゃねぇのかっ」

「ハ？　ぼくは効《き》いてませんけど。あんた効《き》いたんですか？　つか、その顔でウルウルしてこっち見ないでくれません？　めちゃくちゃウザいんですけど」

あ、いや、礼《れい》のほうは正気っぽいか？　たんに照《て》れているだけか分からんが。

礼《れい》は顔をそむけ、思いっきり鼻を鳴らした。

「あんなのが効《き》くなんて、バカさまは修行《しゅぎょう》がたりないんですよ。超《ちょう》ブザマですねー！」

「**ハア!?**　オレだって効《き》いてねぇよっ。なに言ってんだバーカ！」

「バカさまにバカって言われたら、人生おしまいですねバーカ！」

コオリにガッと胸《むな》ぐらをつかまれ、礼《れい》のほうもつかみかえす。

「おい、落ちつけ。ケンカしたら天罰《てんばつ》発動だぞ」

止めようとしたわたしは、目がすわった。

つかみ合ったまま、コオリはうっとりと熱《あつ》きまなざし。

礼《れい》はその視線《しせん》を受けとめきれず、目があっちゃこっちゃに泳ぎまくっている。

双方《そうほう》、あかねさしいいたほっぺたで。

「**南無三《なむさん》、大惨事《だいさんじ》**」

二人の人生に、また新たな**黒歴史**《くろれきし》がきざまれた。

しかし、前回コオリがビームを食らったときには、わたしと目が合っても、なにも変《か》わらんふうだったよな。

字消士《じけし》だから効《き》かなかった——というワケじゃないなら、コオリはたぬきにはときめいても、**わたしにはときめく要素《ようそ》ゼロだと?**

モヤッとせんでもないが、ま、まぁ良《よ》い。

今はそれどころじゃないのだっ。

二階の回廊《かいろう》を見上げると、立ちはだかる里《さと》は夕陽に照《て》らされ、あかね色にシルエットを輝《かがや》かせている。

トキメキオーラの充満《じゅうまん》するフロアも、みなの顔面も、同じあかね色。

「あかね色……」
わたしはぽつりつぶやき、ハッとした。
――あかねさす
そんなフレーズで始まる歌を、知っているぞ。

あかね色に美しく輝《かがや》く、わたしの彼氏《かれし》のマイ野原。

そこであなた、わたしにそでをふって、ラブアピールしちゃうんだもの。

番人にバレて彼氏《かれし》にチクられたら、大変《たいへん》じゃない。もう、やめてよね！**（ぷんぷん♡）**

日本最古《さいこ》のベスト和歌《ソング》ブック、『万葉集《まんようしゅう》』に、そんなラブソングがのっている。
この「あなた」というのは、なんと元彼《もとかれ》・**大海人皇子《おおあまのおうじ》**（のちの天武天皇《てんむてんのう》）。
そして「彼氏《かれし》」とは、**天智天皇《てんじてんのう》**（もと中大兄皇子《なかのおおえのおうじ》）のことなのだ。
このお二人といえば、日本のカタチを作った「スーパー働《はたら》き者皇子《ものおうじ》ブラザーズ」。
彼《かれ》らがうばいあった女人《にょにん》といえば――、
そう、**額田王《ぬかたのおおきみ》さまだ！**

彼女《かのじょ》はもともと、大海人皇子《おおあまのおうじ》の妻《つま》だった。

しかし、超《ちょう》コワいヤキモチ兄ちゃん――天智天皇《てんじてんのう》が、額田王《ぬかたのおおきみ》さまを好《す》きになってしまったから、こりゃ大変《たいへん》。

夫婦《ふうふ》の仲《なか》を裂《さ》かれ、お兄ちゃんのほうの妻《つま》にされてしまったのだ。

額田王《ぬかたのおおきみ》さまのこの歌に、元彼《もとかれ》の大海人皇子《おおあまのおうじ》は、「美しいあなたよ。兄ちゃんの妻《つま》になっちゃっても、まだずっと愛《あい》してるよ♡」と、自作ソングを返している。

げに恐《おそ》ろしき、**三角カンケーの修羅場《しゅらば》ソング**。

……と、考えられていたのだが。

実は、歌われたのは、額田王《ぬかたのおおきみ》さまが今彼《いまかれ》（兄）と結婚《けっこん》してからずいぶん後。

兄弟と額田王《ぬかたのおおきみ》さま、その他の貴族《きぞく》たちが、みんなで野原へお出かけしたときの、パーティの出しものとしての即興《そっきょう》ソングだったそうな。

歳《とし》をとったら、三人の仲《なか》は、笑《わら》ってそんな歌をよめるようになったのかもしれん。

……しかしその後、弟は兄の息子《むすこ》を殺《ころ》して、自分が天皇《てんのう》になったんだものなァ。

額田王《ぬかたのおおきみ》さまを横どりされた恨《うら》みも、心にくすぶっていたのではあるまいか。

わたしだったら、権力《けんりょく》にモノを言わせて愛《あい》する人をぶんどられ、しかもパーティで、

「ちょっとラブソングでも歌ってみろよ」なんて言われたら、**ドッカン憤怒《ふんぬ》**だ！

額田王《ぬかたのおおきみ》さまだって、夫《おっと》にちょっとチクッと言いたい気持ちだったんじゃないか？

古代日本は恋愛《れんあい》におおらかだったから、現代《げんだい》とはカンカクがちがうのは、もちろんだが。

愛《あい》する人の一番そばにいられる立場を、うばわれてしまったのだもの……。

ともかく、弟皇子《おうじ》と額田王《ぬかたのおおきみ》さまの恋《こい》は、悲しき結末《けつまつ》となった。

そしてあかね色のトキメキビーム。

さっきの、「もう、わたくしたちの恋《こい》をジャマしないで」という、魂《たましい》の叫《さけ》び。

里《さと》のウバワレは、額田王《ぬかたのおおきみ》さまかっ？

いやしかし、ビームの色と三角カンケーだけじゃ、断定《だんてい》しきれんよな。

決め手になる情報《じょうほう》がほしい……！

「二人とも、もう少し考える時間をかせいでくれっ」

まだ桃色《ももいろ》オーラの最中《さなか》にあったコンコンぽんぽこは、ハッと目をしばたたき、つかみ合った手を放す。

「おおおおまえっ、**うぇぇぇ⁉**」

「や、やっと効果《こうか》が切れたんですかっ？　本当にバカさまはバカですねアホですね！」

「コオリくん、礼《れい》くんっ。新たな黒歴史《くろれきし》にのたうちまわるのは、ご自宅《じたく》でどうぞ！　今は、先に不動《ふどう》ウバワレだ！」

わたしはステージから飛《と》びおりる。

『み～んなみんな、**幸せに**、な～ぁ～れ～～っ♡』

里《さと》とウバワレが声を合わせ、ふたたびペンをふりかざす。

くそっ、二撃目《げきめ》が来る！

しかしその時だ。

「里《さと》ッ！」

里《さと》が立つ回廊《かいろう》の真下《ました》から、彼女《かのじょ》の名を呼《よ》ぶ、強い声があがった。

入り口から飛《と》びこんできた少年は、ぜぇぜぇと肩《かた》を大きく上下させ、ヒザに手をつく。

森《もり》つぐみだ！

この冬の寒さのなか、ジャージのズボンにT《ティー》シャツ一枚《まい》。

髪《かみ》は風になぶられてボサボサだ。

とびらの外に、自転車が横だおしになっている。

本当に超《ちょう》スピードで駆《か》けつけてくれたのだ。

待っていたぞっ。里《さと》を止められる、唯一《ゆいいつ》の人間！

「里《さと》っ！　ねぇ、なにやってるの……っ!?」

まだ呼吸《こきゅう》もおぼつかんようすだが、つぐみの声は、ちゃんと里《さと》にとどいた。

里《さと》はふり上げたペンを、中途《ちゅうと》ハンパな高さで止めている。

「つぐみ……っ、なんでココに!?」

生き生きキラキラしていた里《さと》の顔面が、サッと蒼白《そうはく》になる。

回廊《かいろう》の上からは里《さと》が見下ろし、下からはつぐみが彼女《かのじょ》を見上げる。

『**幸せに、なぁぁれ**♡』

「えっ。ユーレイさん、待って！」

里《さと》の腕《うで》が勝手に持ちあがり、ペンを天井《てんじょう》に突《つ》きあげる。

ウバワレが発したあかねさすビームが、**ビビビビビッ**と、つぐみめがけて飛《と》んでいく！

「つぐみ、よけろ！」

わたしは声をはるが、視《み》えないビームなど、よけようがないっ。

ビームはつぐみに直撃《ちょくげき》した。

ほわぁぁぁん♡

つぐみの体から赤いオーラが噴《ふ》きだす。

よりによって、まわりの生徒《せいと》たちが「なにが起こってんの？」と彼《かれ》に注目している。

最初《さいしょ》に目が合った人間に、つぐみがホレてしまうぞ……！

「**や、やだっ！**　つぐみ！」

里《さと》は泣《な》きそうな顔で、手すりに身を乗りだす。

「里《さと》っ、危《あぶ》ないよ！」

バチッと、上と下から、二人はたしかに目を合わせた。

「こ、これは……っ、親友の二人のあいだに、**愛《あい》のめばえが!?**」

「「へー」」

キツネとたぬきは興味《きょうみ》ゼロ。

いやわたしも他人《ひと》さまの恋路《こいじ》はどーでもよいが。

里《さと》の、あんな必死《ひっし》な表情《ひょうじょう》を見たのは、初《はじ》めてだ。

よもや里《さと》のやつ……。

「里《さと》、なんだか分かんないけどっ、とにかくそこから下りてきてよ」

「**あ、あれぇ?**　つぐみ、なんともないの?」

「なんともって?　なんともないけど……」

つぐみはきょとんとして、なんら変《か》わったところはない。

「おや、つぐみには効《き》いておらんぞ。ビームが効《き》かない条件《じょうけん》は、いったいなんなのだ」

「マジかよ。なんだろ」

「そんな条件《じょうけん》あんなら、さっさと教えろくださいですよ」

コオリと礼《れい》はさっきの大惨事《だいさんじ》を思い出したのか、クツジョクに顔をゆがめる。

なんて我々《われわれ》が語らっている間に、つぐみは回廊《かいろう》へのハシゴをのぼりはじめた。

里《さと》はペンを両手で抱《だ》いて、じりじりと後ずさる。

『なぜ、なぜ効《き》かないのっ。わたくしの愛《あい》の光が……!』

里《さと》の口を借《か》りて、ウバワレがしゃべる。

つぐみは「里《さと》がユーレイに憑《つ》かれている」と理解《りかい》したとたん、表情《ひょうじょう》を変《か》えた。

奥歯《おくば》を食いしばり、怒《いか》りに瞳《ひとみ》をギラつかせる。

そして武器《ぶき》ひとつ持たない丸腰《まるごし》で、イキオイよく回廊《かいろう》に乗りあがった。

「里《さと》を返せ！」

なんと強きまなざしだ……！

二人は三メートルほどのキョリをとって、向かいあう。

里《さと》は、けっして里《さと》ではない、おっとりした笑《え》みを浮《う》かべる。

『返せもなにも。わたくしは、みなの幸せを応援《おうえん》してあげているのですよ。わたくしの力《ちから》で、幸せな恋《こい》をするのです。ほら、あなたも恋《こい》に目覚《めざ》めなさぁ～い♡』

トキメキビームが、ふたたびつぐみにヒットする。

だがしかし、彼《かれ》は平気な顔でずんずん歩いて、里《さと》とのキョリを縮《ちぢ》める。

な、なんだっ？ **つぐみが無敵《むてき》ジョータイだぞ!?**

「恋《こい》に目覚《めざ》めろって、今さらだよ。**ボクは、前から里《さと》のことが好《す》きなんだから**」

「……ひょええ!?」

悲鳴をあげたのは、ウバワレではない。素《す》のほうの里《さと》だ。

ビームを撃《う》った自分のほうが、ほっぺたどころか、脳天《のうてん》から首まであかねさしていく。

「里《さと》。天照《あまてる》さんたちがやめろって言うなら、このイベントは中止したほうがいいよ。きっと、ほんとに危《あぶ》ないんだ。ボクたちだって何度も関《かか》わって、もう分かってるじゃない」

「で、ででも、でもさぁっ」

近づくつぐみに、里《さと》は足を引く。

「ボクは里《さと》にケガしてほしくない。それに里《さと》のせいで、みんながケガするのもダメだ。ボクは里《さと》が悲しくなるのはイヤだよ。**里《さと》のことが好《す》きだから**」

「**な、なにぃ？**つぐみ、急にどしたの。そりゃわたしだって好《す》きだけどさぁ」

アヒャッと笑《わら》ってごまかそうとする里《さと》に、つぐみはいったん足を止めた。

「最近《さいきん》、読書クラブのおかげで、ボクにも友だちが増《ふ》えたよ。クラブでは、だいぶふつうに話せるようになった。……でもね。友だちは増《ふ》えても、やっぱり里《さと》はトクベツだよ」

腕《うで》を伸《の》ばせばとどくところから、彼《かれ》は〝親友〟を見つめる。

「**ボクは、里《さと》が好《す》きだ。ボクにとっての、たった一人の女の子っていう意味で**」

つぐみは、まっすぐな瞳《ひとみ》で言いきった。

里《さと》は絶句《ぜっく》して、何度も目をまたたかせる。
つぐみの顔は、あかね色。
太陽のきらきらした光の色にそまって、輝《かがや》いている。
「これが、**恋《こい》**……」
わたしは思わず声をもらした。
まぶしいものを目《ま》の当《あ》たりに、胸《むね》が熱《あつ》くなる。
……そうか。つぐみは、たった一人を見つけたのだな。

自分の熱《あつ》き想いをささげる、一人きりの相手を。

わたしは、恋《こい》より友情《ゆうじょう》のほうが貴《とうと》いもののように思っていたが。

このまぶしき想いは、友情《ゆうじょう》とくらべて、なにも負けちゃいないじゃないか。

つぐみのひたむきな瞳《ひとみ》に、二度目の告白《こくはく》をしてくれたときの、隼士《しゅんじ》の瞳《ひとみ》が重なる。

今の隼士《しゅんじ》も、ステージにしゃがんだまま、つぐみを応援《おうえん》して拳《こぶし》をにぎっている。

この彼《かれ》も、つぐみにとっての里《さと》のような〝たった一人〟に、わたしを選《えら》ぼうとしてくれたのだ。

その気持ちに応《こた》えられなかったのは、あらためて心苦しいが。

里《さと》のウバワレが、わたしたちの恋《こい》を結《むす》ぼうとするのは――、この方も、こんなにも美しくきらめく「光」のような想いを、胸《むね》に抱《かか》えていたからだろう。

わたしにはまだ、恋《こい》とは、よく分からんままではあるが。

きっと悪くない――、いや。きっと、**すばらしい体験《たいけん》なのだ。**

ほかの人間の胸《むね》のきらめきも、見せてほしいと思うほどに。

「……わたしも、いつか、そんなふうに？」

この胸《むね》に、「恋《こい》」という光が生まれる日が来るのかな。

つぐみの瞳《ひとみ》を見ているると、そんな光を抱《いだ》いている彼《かれ》が、うらやましいような気さえする。

「**ひ、ひぇ、ひぇぇぇぇ……っ**」

棒立《ぼうだ》ちになっていた里《さと》は、やっとつぐみの想いが、心臓《しんぞう》までとどいたらしい。

ブルルルッと全身を震《ふる》わせると、

「**む、む、む、無理《むり》ィ！**」

叫《さけ》ぶなり、くるりと背中《せなか》を向けてダッシュした。

あ、あいつ、逃《に》げおった！

他人の恋愛《れんあい》はあおってくるクセに、なんてヤツだっ。

「**無理《むり》ってなに！**」

しかし、腹《はら》を決めたつぐみは強い。

負けじとダッシュで、里《さと》を追いかけはじめた。

16 マイ・ルール破《やぶ》るべからず！

逃《に》げる里《さと》、追うつぐみ。
二人は二階の回廊《かいろう》をぐるぐる走りまわりだした。
ウバワレがどなたかヒントをもらいたいのに、これじゃあどうしようもないぞっ。
「はやく不動《ふどう》ウバワレを成仏《じょうぶつ》させせなければいかんが――っ、」
コオリたちをふり返ったわたしは、視界《しかい》に入ったものに、ヒュッと息をのんだ。
入り口から、悪気《あっき》が吹《ふ》きこんできている。
ちりちり灼《や》けるように冷《つめ》たい、まぶしい青……！
礼《れい》がぶっ壊《こわ》したとびらの向こうから、ゆぅらり、ゆぅらりと、人影《ひとかげ》が近づいてくる。
「不動《ふどう》先生、来たか……！」
彼《かれ》の背中《せなか》には、**黒い顔のウバワレ**がのしかかっている。
そして足もとからは、悪気《あっき》が地面を這《は》うようにして、円を描《えが》いて広がっている。

あの悪気《あっき》の範囲《はんい》が、「高天原小《たかまがはらしょう》ルール」が通用する、あやつのテリトリーだ……！

「来やがったな」

「もうヤベーかんじですね」

気を引きしめた字消士《じけし》二人は、消札《けしふだ》をかまえる。

フロアの二百人は、水を打ったように静《しず》まりかえる。

激怒《げきど》の「不動《ふどう》先生」が叱《しか》りにきたのだと思ったのだろう。

みな、我《われ》らがいるステージのほうへ後ずさる。

「ルール違反《いはん》ですよ。これは、**あきらかなルール違反《いはん》だ**」

不動《ふどう》はゆっくりゆっくりと、我々《われわれ》のほうへ歩みよってくる。

フロアの生徒《せいと》たちは真《ま》ん中《なか》から割《わ》れて、彼《かれ》に道をゆずる。

不動《ふどう》は、ステージの前に立つわたし、コオリ、礼《れい》へ、そしてマイクを持ったままの隼士《しゅんじ》にも、順番《じゅんばん》に視線《しせん》をうつす。

「あなたたちが、この違反《いはん》イベントのリーダーですか」

「ぬっ？」

「天照《あまてる》さん、だからワタシは忠告《ちゅうこく》したのですよ。**不良《ふりょう》といっしょにいると、優等生《ゆうとうせい》までく**

さってしまう」

おいおいおいおい、ひどいカンちがいだ。

真《しん》のリーダーは今、自分に向けられた恋心《こいごころ》にびっくりギョーテンして、二階回廊《かいろう》を走りまわっているヤツと、たぶんどこかでカメラをパシャパシャやっている忍者記者《にんじゃきしゃ》だ。

「不動《ふどう》先生。ぬれぎぬもよいところだが、イイワケさせてもらいましょう。ここは教室じゃなく、体育館。ゆえに、『教室へのお菓子《かし》持ちこみ禁止《きんし》』ルールは破《やぶ》っていない！　らしいですぞ」

「そんなくだらないイイワケは、通用しません……！」

わたしはヤツに憑《つ》いたウバワレを観察《かんさつ》する。

お顔立ちは、もはや真《ま》っ黒《くろ》。

だが、布《ぬの》のぼうしをかぶっておられる？

まぶしい悪気《あっき》にかすんで、色までは分からん。

背《せ》かっこうは、やはり男性《だんせい》らしい。

ぬう、もっと近くで見せていただきたい……！

思わず身を乗りだすわたしを、コオリが腕《うで》で制《せい》した。

「水谷《みずたに》用のと不動《ふどう》センセー用の消札《けしふだ》、持っててくれ。礼《れい》、時間かせぎで逃《に》げまわんぞ。オレは和子《わこ》を守るから、礼《れい》は水谷《みずたに》と森《もり》の担当《たんとう》」

「めんどくさい役まわりですね」

礼《れい》はタメ息をつきながらも、とりあえず「若《わか》さま」にしたがうつもりらしい。

「よし、わたしは急いで正体を当てよう。隼士《しゅんじ》くんは、みなに逃《に》げろと呼《よ》びかけて、自分も脱出《だっしゅつ》してくれ。おそらく今なら、体育館の外では、ルール違反《いはん》も問題にならんはずだ」

「う、うん！　分かった！」

わたしはコオリに俵《たわら》かつぎにされながら、ペンと消札《けしふだ》をかまえる。

隼士《しゅんじ》は立ち上がり、マイクに大声をたたきこんだ。

『みんな、体育館から逃《に》げて！』

「ここから出られるよ！」

「こっちからもどうぞー！」

ステージの左右から、思わぬ声が響《ひび》いた。

いつの間にか、フロアの左とびらに瀬戸《せと》が、右とびらには二団子《にだんご》が！

彼《かれ》らはガラガラと音を立てて、とびらを開いていく。

なんと、誘導係《ゆうどうがかり》を買って出てくれたのだっ。

不動《ふどう》のハクリョクに凍《こお》りついていた生徒《せいと》たちが、おおあわてでそちらへ走りだす。

「瀬戸《せと》、団子《だんご》ズ、あっぱれだ！」

不動《ふどう》がイチバン頭にきてるのは、度重《たびかさ》ねてのスカウトを断《ことわ》りまくったわたし。

最初《さいしょ》から「不良《ふりょう》」と目をつけているコオリ。

さらにパリピ軍団《ぐんだん》の頭目《とうもく》、里《さと》。

我《われ》らが体育館に残《のこ》って不動《ふどう》を引きつけているうちに、生徒《せいと》たちを退散《たいさん》させるっ！

——しかし、

「ルール追加《ついか》、『**逃亡禁止**《とうぼうきんし》』！」

不動《ふどう》がするどく叫《さけ》んだ。

とたん、左右のとびらが青く光り、
バンッ！

せっかく開けてくれたとびらが、勢《いきお》いよく閉《し》まる。

礼《れい》にぶっ壊《こわ》された正面とびらまでが、悪気《あっき》の光で包《つつ》まれたと思うや否《いな》や、轟音《ごうおん》とともに、
入り口の空間にめりこんだ。

正面も完全《かんぜん》にふさがれたぞ……っ。

そして閉《と》ざされたとびらは、生徒《せいと》たちがガタガタ引っぱっても、開かんらしい。

逃《に》げ道《みち》がなくなった！

「ルール追加《ついか》だとぉっ？　後出しじゃんけんで、ズルだろう！」

わたしは怒《いか》りをこめて、不動《ふどう》をにらみつける。

その場で決めたマイルールで、勝手に罰《ばつ》を食らわせるなんて、ズルズルのズルなり！

ルールとは、国や社会をうまく動かすためのモノ。

罰《ばつ》を食らわせるために作るべからずだっ。

「ルール追加《ついか》、『**恋愛禁止**《れんあいきんし》』！」

「ウッ」

小さな悲鳴があがり、近くでドサッとだれかがたおれた。

下川《しもかわ》と矢井田《やいだ》が気絶《きぜつ》して、ステージにうちふせている。

フロアにいる生徒《せいと》も、次々《つぎつぎ》と苦しい声をもらし、たおれていくではないか……っ。

コオリと礼《れい》すら、床《ゆか》にヒザをついている。

「な、なんだ今の」

「胸《むね》のあたりに、激痛《げきつう》が」

「わたしはなんともないが……」

隼士《しゅんじ》と瀬戸《せと》、二団子《にだんご》も、たおれゆく人々《ひとびと》のなかで、ボーゼンとしている。

あっ。なるほどな!?

隼士《しゅんじ》は失恋《しつれん》したばかりだが、このバレンタインパーティに集《つど》っているのは、だれかしら、想う相手がいる者たちだっ。

今の「恋愛禁止《れんあいきんし》」ルールにふれた者が、天罰攻撃《てんばつこうげき》を食らったのだ。

コオリも礼《れい》もダメージを受けたというコトは、**二人とも恋愛中《れんあいちゅう》……!?**

――ンン?　ちょっと待てよ。

そ、そそそそ、そうか。

だれかに好《す》かれているとかじゃなく、好《す》いているほう――ってことだよな?

じゃあ、「コオリが隼士《しゅんじ》を好《す》き」というのは、夢《ゆめ》を操《あやつ》るウバワレ攻撃《こうげき》のせいではなく、夢《ゆめ》に出てくるほど、本気で好《す》きだった……と。

なるほど、コオリは隼士《しゅんじ》を……。ウン、そうか。

ほほぉぉぉぉん……っ。

そして礼《れい》のほうは、幼少《ようしょう》のコオリに初恋《はつこい》をこじらせているのだものな。

わたしはナットクしたような、モヤモヤが増《ま》したような気持ちだがっ。

と、とにかく、無理《むり》やり不動《ふどう》に目をもどした。

「不動《ふどう》先生よ、なぜだっ。パーティ反対なら、このままみんな解散《かいさん》すれば、ニコニコ円満《えんまん》解決《かいけつ》だろう！」

「まだ、ルール破《やぶ》りの罰《ばつ》をあたえていませんからねぇ……！　**みなさんにも、あなたにも！**」

フロアの真《ま》ん中《なか》から、ヤツはわたしにニッタリと笑《え》む。

不動《ふどう》の背中《せなか》のウバワレは、青白い悪気《あっき》を炎《ほのお》のように立ちのぼらせている。

顔面をそめる暗黒は、ますます濃《こ》くなり、首から胸《むね》へと広がっていく。

「交際禁止《こうさいきんし》！　ケンカ禁止《きんし》！　逃亡禁止《とうぼうきんし》！　恋愛禁止《れんあいきんし》！　ワタシのルールを守りなさい！

そうすればあなたたちは、よい生徒《せいと》でいられる！」

「バカなっ。あなたの言う『よい生徒《せいと》』とは、あなたにとって『**都合がよい**』生徒《せいと》のことだろうっ。中国の天才軍師《ぐんし》・諸葛孔明《しょかつこうめい》さまはおっしゃっていましたぞ！

『天下は一人の天下にあらず、すなわち、天下の人の天下である』

国は、エラいやつ一人のためにあるんじゃなくって、その国のみんなのためにあるんだからねっ。エラくなってたって、そこんとこカンちがいすんなよ！　――と！　学校だと、同じことっ。この高天原小《たかまがはらしょう》も五年一組も、あなたのものではない！」

『ワシにしたがえ、天照和子《あまてるわこ》！』

不動《ふどう》ウバワレが、ほえた！

波のように悪気《あっき》が押《お》しよせてくる。

「う……っ！」

ステージにしきつめられた風船が、パンパンパンッと一気に割《わ》れた。

コオリがわたしを抱《かか》えたまま、ステージをけり、二階回廊《かいろう》へ大ジャンプする。

彼《かれ》が着地したのは、幅《はば》五センチもない手すりの上だ！

「**キャッ!?**」

口からモレ出《い》ずった悲鳴をおさえそこない、わたしは奥歯《おくば》を噛《か》みしめる。

回廊《かいろう》のちょうど反対がわ、里《さと》とつぐみの真横《まよこ》には、礼《れい》が着地した。

そしてみなで、フロアの不動《ふどう》を見下ろす。

『全員、おとなしく罰《ばつ》を受けろ！』

青白い悪気《あっき》が輝《かがや》くテリトリーは、カベを這《は》いのぼって、二階の回廊《かいろう》までもおおい始めた。

そして、不動《ふどう》の背《せ》にのったウバワレも、巨大化《きょだいか》してゆく……！


バチバチ弾《はじ》ける悪気《あっき》に、みんなが悲鳴を上げる。

意識《いしき》がある生徒《せいと》は、ほんの十人あまり。

残《のこ》りはフロアで気絶《きぜつ》していて、自力で逃《に》げまわることもできん。

ヤバいっ、ヤバすぎるぞ！

出口もない密室《みっしつ》で巨大《きょだい》ウバワレが暴《あば》れるなんて、取りかえしのつかんことになるっ。

不動《ふどう》ウバワレは、ついに天井《てんじょう》にまでとどく大きさになった。

だが、デカくなったということは、

「ありがたいっ。お姿《すがた》がよく視《み》える！」

ウバワレはゆったりした長い上着の下に、プリーツスカートをはき、さらに下には白いズボン。

上着は紫色《むらさきいろ》の布地《ぬのじ》で、金のふちどりがしてある。

中国、韓国《かんこく》、日本、アジア系《けい》の服装《ふくそう》に見えるが……っ。

ぼうしは、やわらかい布《ぬの》のぼうしだ。

マゲを包《つつ》んで、根もとをきゅっと、かわいらしくリボンでしぼっている。

あのお団子《だんご》カバー的《てき》なぼうしのカタチは、日本のお役人のものだっ。

聖徳太子《しょうとくたいし》さまが定めた、お役人ランク別《べつ》の色ちがい制服《せいふく》が、あんなスタイルだった。

しかも、平安《へいあん》時代に、貴族《きぞく》のフォーマルウェアが真《ま》っ黒《くろ》になるまえの、カラフル制服《せいふく》っ。

この方は飛鳥《あすか》時代か奈良《なら》時代のお役人で確定《かくてい》だ！

そして日本人で確定《かくてい》ならば、「**殺《ころ》サレルベキデアル**」のウルナンム王じゃないっ。

ちょっとホッとしたが。

「しかし、**紫色《むらさきいろ》**の制服《せいふく》か……！」

十二色の制服《せいふく》で、最高《さいこう》ランクの色は紫《むらさき》だった。

わたしはノドを鳴らし、紫《むらさき》の、しかも金の糸でかざったぼうしの、ウバワレの御方《おかた》を見上げる。

これは、最高《さいこう》ランクまでコンプリートした上での、さらに極《きわ》みの方《かた》の服じゃないか？

「この方は、**どエラい貴人《きじん》**だぞ……っ」

思わず足が下がる。

巨大《きょだい》貴人《きじん》ウバワレは、両腕《りょううで》をつっぱり、体育館の内がわから左右のカベを押《お》しはじめた。

とたん、カベがミシミシとイヤな音を立てる。

窓《まど》ガラスまでくだけ始めた。

「体育館をぶっ壊《こわ》すおつもりか……!?」

『**ルールを守れェェ！　破《やぶ》る者には、天罰《てんばつ》をォォ！**』

顔を黒くそめたウバワレは、大音声《だいおんじょう》でどなる。

すでに自分を見失《みうしな》っておられる……！

両がわのカベが折《お》れたら、気絶《きぜつ》した生徒《せいと》たちの上に、天井《てんじょう》が落ちる。

大惨事《だいさんじ》も大惨事《だいさんじ》！　これでは、みな圧死《あっし》だ！

出口はふさがれている。逃《に》げ場《ば》もない。

「もうコイツは消しますよ！」

礼《れい》が回廊《かいろう》の向かいで、消札《けしふだ》をかまえる。

「待て！　『ケンカ禁止《きんし》』のルールを破《やぶ》れば、今度こそ全力の天罰《てんばつ》を食らうぞっ」

「けどこのままじゃ、どの道みんな、オダブツですよ！」
礼《れい》の言うとおりだ。
すでにカベはたわみ始めている。
天井《てんじょう》が落ちてくるのも、時間の問題だ……っ。
「和子《わこ》、時間かせいでくる！」
コオリも礼《れい》も、自分がヤラれるのをカクゴで、回廊《かいろう》から飛《と》びだしてゆく。
ま、まずい、二人が危《あぶ》ない！
大貴人《だいきじん》で、ランク紫《むらさき》で、平安《へいあん》時代よりまえ、聖徳太子《しょうとくたいし》さまよりは後！
ルールにおこだわりの、みなを支配《しはい》したい人物……！
超光速《ちょうこうそく》で頭を回転させるが、くそっ、アセりすぎて頭がうまくまとまらんっ。
『**愛《あい》は、権力《けんりょく》に、負けない！**』
そこに、里《さと》と里《さと》ウバワレの声が、ぴったり重なって響《ひび》きわたった。

17 誠義《せいぎ》の一騎《いっき》打《う》ち

ずもももも
っ……!

ハートペンから伸《の》びあがったウバワレが、巨大化《きょだいか》していくっ。

憑《つ》かれた里当人《さと》も、中に取りこまれて見えなくなってしまう。

「里《さと》ッ!」

叫《さけ》んだつぐみを、礼《れい》がわきに抱《かか》えて回廊《かいろう》から飛《と》びおりた。

「狸原《たぬきはら》くんっ、放して!　里《さと》がっ!」

「キミにはなにもできないでしょ。おとなしく待っててくださいよ」

礼《れい》は冷《つめ》たく言いはなち、フロアでぽいっとつぐみを解放《かいほう》する。

だがしっかりと、彼《かれ》を背中《せなか》にかばってやっているじゃないか。

天井《てんじょう》にとどく高さまで巨大化《きょだいか》した里《さと》ウバワレは、やはり、古代貴族《こだいきぞく》のご婦人《ふじん》だ。

目のまわりはモヤモヤ黒くなっているものの、まだお顔がうっすらと視《み》える!

やわらかそうな、しもぶくれのほっぺた。

眉毛《まゆげ》は平安《へいあん》時代の女性《じょせい》のようにツルツルさせず、自まえのふさふさ眉毛《まゆげ》だ。

おでこはまるっと出して、つややかな黒髪《くろかみ》を後ろで結《ゆ》っている。

上着はゆったりしたチュニックに、ひだひだのロングスカートは、床《ゆか》にひきずる長さ。

これは、服のセンスからして、不動《ふどう》ウバワレと同じくらいの年代、聖徳太子《しょうとくたいし》さま前後の時代の御方《おかた》であろうっ。

巨大《きょだい》ご婦人《ふじん》は、カベを突《つ》き壊《こわ》そうとする不動《ふどう》ウバワレと、正面から向かいあう。

——すると。

『あなたは……っ』

不動《ふどう》ウバワレが、おどろくような声を発した。

わたしは眉《まゆ》をひそめる。

なんだ、この反応《はんのう》は。お知り合いだったりするのか？

『わたくしをご存《ぞん》じ？　なら、教えてくださらない？　わたくし、わたくしがだれなのか、分からなくなってしまって……』

『あなたは——、ううむ、あなたは……っ？』

不動《ふどう》ウバワレは考えこむように頭をうつむけた。

『あなたはどなたなの？　顔がまっくろで、見えないけれど』

『ワ、ワシは……？』

聞かれたことで、かえって混乱《こんらん》が深まってしまったのかもしれんっ。

不動《ふどう》ウバワレはブワッと悪気《あっき》を噴《ふ》きあげ、もだえ苦しみだした。

『わからんっ、わからんンン！　とにかく、罰《ばつ》だ！　罰《ばつ》をあたえる！　罰罰罰罰罰罰《ばつばつばつばつばつばつ》罰罰罰罰罰罰罰《ばつばつばつばつばつばつばつ》ッ!!』

悪気《あっき》の風が逆巻《さかま》き、生徒《せいと》たちがふっ飛《と》ばされる。

わたしは手すりにしがみつく。
ヤ、ヤバすぎるっ。大暴走《だいぼうそう》だ！
コオリたちは天罰《てんばつ》カクゴで、消札《けしふだ》を指にはさみ、ウバワレたちにツッコんでいこうとする。

「待て、コオリくん！　まだ攻撃《こうげき》するな！」

わたしのストップに、すでに攻撃《こうげき》のかまえに入っていた二人は、つんのめってその場でコケる。

『愛《あい》は、権力《けんりょく》に、負けなぁい！』

ご婦人《ふじん》ウバワレは右腕《みぎうで》を高くあげ、衣《ころも》のそでをふりはじめた。

彼女《かのじょ》がそでをふるたび、ふわり、ふわり、あかね色の光が宙《ちゅう》ににじむ。

そしてその光が、不動《ふどう》ウバワレの青白い悪気《あっき》、不動《ふどう》のテリトリーを押《お》し返していく。

「彼女《かのじょ》は、我《われ》らを守ってくださっている……！」

巨人対巨人《きょじんたいきょじん》、愛《あい》とルールの一騎打《いっきう》ちだ！

だが、彼女《かのじょ》は必死《ひっし》のフルパワーを発動しているせいか、みるみる顔面が黒くそまっていく。

不動《ふどう》ウバワレのほうは、もう胸下《むねした》まで、どっぷり闇《やみ》の色だ。

今、ご婦人《ふじん》ウバワレが時間をかせいでくださるうちに、不動《ふどう》ウバワレを成仏《じょうぶつ》させねば！

さっきはアセって頭が空《から》まわったが、今こそ常住死身《じょうじゅうしにみ》だ。

日本は飛鳥《あすか》時代以降《いこう》の、法律《ほうりつ》を作れるレベルの、紫《むらさき》のぼうしをかぶれる大貴人《だいきじん》。

死してもなお、ルールにおこだわりっ。

そんな人物は、数人しかいらっしゃらんだろう！

初《はじ》めて政治家《せいじか》むけルールを作られた、聖徳太子《しょうとくたいし》さま。

だが太子《たいし》さまは、ルール違反《いはん》のときの罰《ばつ》は設定《せってい》しなかった。

その後、日本の基礎《きそ》工事を続《つづ》けた、「スーパー働《はたら》き者皇子《ものおうじ》ブラザーズ」な中大兄皇子《なかのおおえのおうじ》（兄）と大海人皇子《おおあまのおうじ》（弟）。

この不動《ふどう》ウバワレは、ご婦人《ふじん》ウバワレを知っていそうだった。

不動《ふどう》のほうが皇子《おうじ》のどちらかなら、このご婦人《ふじん》は、お二人がうばいあったヒロイン、額《ぬか》田王《たのおおきみ》さまかもしれん？

だとしたら、今のこの場は、ユーレイ夫婦《ふうふ》の超能力大《ちょうのうりょくおお》ゲンカだ。

「そうだ！　不動《ふどう》のこれまでの行動にも、ヒントがありそうだぞっ」

クラスのチョコを回収《かいしゅう》して、人数ぶんの数にして分けあたえた、あの行動。

中大兄皇子《なかのおおえのおうじ》時代のルールで、「みんなのモノは、みぃーんな天皇《てんのう》のモノだよ。キミたちのじゃないからね？　どう配るかはオレルールで決めるから、そこんとこヨロシク」というのがあった。

チョコを平等に再分配《さいぶんぱい》っていうのは、それと同じ考え方じゃないか？

「つまり――、不動《ふどう》ウバワレは、そのルールを定めた、**中大兄皇子《なかのおおえのおうじ》!?**」

だがまだ、消札《けしふだ》にそう書きつけるほどの自信《じしん》がない。

不動《ふどう》本人は、巨大《きょだい》ウバワレの足もとで、完全《かんぜん》に体をのっとられ、棒立《ぼうだ》ちになっている。

だが、その目はわたしを憎《にく》らしそうににらみつけている。

ヤツは最初《さいしょ》から、ずっとわたしを仲間《なかま》にしようとスカウトしてきた。

その、スカウトへのおこだわり。

……中大兄皇子《なかのおおえのおうじ》が信頼《しんらい》する家臣《かしん》のパートナー、中臣鎌足《なかとみのかまたり》さまに、有名なエピソードがある。

鎌足《かまたり》さまは、ルール破《やぶ》りしまくる蘇我《そが》さん家《ち》をたおしたくて、まずは仲間《なかま》を作ろうと、中大兄皇子《なかのおおえのおうじ》をスカウトした。

皇子《おうじ》が蹴鞠《サッカー》をしていたときだ。

彼《かれ》のクツがすっぽぬけて飛《と》んでったのを、鎌足《かまたり》さまはチャンスとばかり、クツを拾って話しかけた。

お二人はそれをきっかけに仲《なか》よくなり、同じ塾《じゅく》に通う道すがら、ナイショ話で〝蘇我《そが》さん暗殺計画《あんさつけいかく》〟を立てたのだという。

そういえば不動《ふどう》も、優等生《ゆうとうせい》の放課後《ほうかご》勉強会をしようと、さそってきたよな？

校長がスプリンクラーをあびてひっくり返ったときも、彼《かれ》のサンダルを拾って、協力《きょうりょく》をあおいでいた。
不動《ふどう》のスカウトは、結局《けっきょく》ぜんぶ失敗《しっぱい》していたが——。
では……、ウバワレは中大兄皇子《なかのおおえのおうじ》ではなく、**中臣鎌足《なかとみのかまたり》さまのほうか……っ？**
中大兄皇子《なかのおおえのおうじ》のルール決めは、彼《かれ》の右腕《みぎうで》となった鎌足《かまたり》さまが、いっしょにやったコトだ。
しかし、スカウトやクツまわりは、こじつけすぎと言えば、そうだよな。
体育館がツブれるかどうかの瀬戸際《せとぎわ》で、消札《けしふだ》に書く答えは、絶対《ぜったい》にまちがえられん！
わたしはペンをギュッとにぎりこむ。
冷《つめ》たいアセで、手がすべりそうになる。
わたしの答えに、体育館に閉《と》じこめられた、二百人の命がかかっている……！
ご婦人《ふじん》ウバワレのほうも、歯を食いしばりながら、胸《むな》もとまで真《ま》っ黒《くろ》だ。
あかね色の光は、青白い悪気《あっき》と競《せ》りあっていたが、ジリジリと押《お》されはじめた。
巨大《きょだい》なお二人の足もとでは、コオリと礼《れい》が手出しできないまま、警戒《けいかい》を続《つづ》けている。
もう、答えを出さねば……！
「コオリくん、近《ちこ》うよれっ」
「なんだ、和子《わこ》！」

コオリがフロアからハネとび、一息で回廊《かいろう》のわたしのところまでもどってきた。

わたしは手すりにしゃがんだ彼《かれ》の両肩《りょうかた》をガッとつかみ、耳もとに口をよせる。

「**おわコ!?**」

「よいか、今からわたしが伝《つた》えたとおりに、不動《ふどう》ウバワレに呼《よ》びかけてくれ」

コオリの耳にひそひそとふきこんだ、軍師《ぐんし》・天照和子《あまてるわこ》による、この作戦《さくせん》っ！

おそらくこれが決め手で、ご正体がしぼれる！

「さぁ、ゆけ！　コオリくん！」

彼《かれ》は上下に首をふり、わたしからバッと顔を離《はな》した。

そして手すりに立ち上がり、巨大《きょだい》ウバワレお二人に向かいあう。


「オ、オレはっ、おキツネさんだ**コン！**」

「「「ハア？」」」

礼《れい》も隼士《しゅんじ》もつぐみも、おのおのの立ち位置《いち》から、拍子《ひょうし》ぬけの声をもらした。

ウバワレお二人すら動きを止め、けげんそうに彼《かれ》を見つめる。

「アー、えっと……。オレは、おまえにカマをさずけた、**おキツネさんの子孫《しそん》だコンッ。**

オレのお告《つ》げを聞く**コン！**」

エラいぞ、コオリ！

わたしがたのんだセリフを、ちゃんと覚《おぼ》えて、しっかり叫《さけ》びきってくれた。

『カマのキツネ……!?』

震《ふる》え声《ごえ》で応《こた》えたのは、不動《ふどう》ウバワレのほうだ。

反応《はんのう》があった。

自分の名を食われてしまって、生前の記憶《きおく》がうすれていても、大事なエピソードは魂《たましい》にきざまれているっ。

中臣鎌足《なかとみのかまたり》さまは生まれたときに、**キツネから、お守りにカマをさずかったという伝説《でんせつ》**がある。

そしてコオリから聞いた話じゃ、狐屋家《きつねやけ》は大むかしから、歴史《れきし》の裏舞台《うらぶたい》で暗《あん》やくし、**おとぎ話にもなっている**というじゃないか。

ならば、中臣鎌足《なかとみのかまたり》さまにカマをさずけたキツネも、狐屋家《きつねやけ》の字消士《じけし》かもしれん。

そこの真偽《しんぎ》はともかく、キツネを名のる人間に恩義《おんぎ》があるのは――、

中大兄皇子《なかのおおえのおうじ》ではなく、中臣鎌足《なかとみのかまたり》さまのほうだ！


あっ、危《あぶ》ないところだった……！

わたしは今度こそ、消札《けしふだ》にペンをすべらせる。

中臣鎌足《なかとみのかまたり》さまは、のちに「**藤原《ふじわらの》**」鎌足《かまたり》と呼《よ》ばれて、教科書にはどっちもお名前がのっている。

「**藤原《ふじわら》**」の苗字《みょうじ》のほうは、鎌足《かまたり》さまがお亡《な》くなりになるとき、天智天皇《てんじてんのう》となった中大兄皇子《なかのおおえのおうじ》から、「今までありがとな」の気持ちでプレゼントされたのだ。

彼《かれ》の魂《たましい》にきざまれているのは、生前の「中臣《なかとみ》」のほうか。

また、そのご臨終《りんじゅう》のときには、あとにも先にも鎌足《かまたり》さまだけという、政治家《せいじか》のてっぺんオブザてっぺんの地位《ちい》ももらった。

そうだ。昭和《しょうわ》になってから、鎌足《かまたり》さまらしきミイラが眠《ねむ》るお墓《はか》が見つかり、そのてっぺ

ん の証《あかし》の、スペシャルなぼうしも発見されたのだ。

たしかそれは、紫色《むらさきいろ》に金の刺《し》しゅうが入ったぼうしだったぞ……！

紫色《むらさきいろ》は、貴重《きちょう》な植物を使って、超《ちょう》タイヘンな思いをして作る、これまた超貴重《ちょうきちょう》な色。

額田王《ぬかたのおおきみ》さまが「元彼《もとかれ》にラブアピールされて、**こまっちゃったワ♡**」と歌った野原も、その紫色《むらさきいろ》の材料《ざいりょう》になる、紫草《むらさき》のおいしげる原っぱなのだよ。


——うむ！

きっと、あのウバワレがかぶっているのが、てっぺんオブザてっぺんの証《あかし》、「**大織冠《たいしょっかん》**」にちがいない！


確信《かくしん》とともに、最後《さいご》の一字まで書きあげる。

「たのむっ、コオリくん！」

わたしは名入りの消札《けしふだ》を、彼《かれ》にサイドハンドパス！

「よっしゃ！」

コオリが札《ふだ》を指にはさんでかまえた——、そのタイミングで。

「**成仏《じょうぶつ》なんて、させてやらないよ**」

あざ笑《わら》う声が、どこからか聞こえてきた。
アッと思う間《ま》もなかった。
ばくんっ。
とつぜん、巨大《きょだい》な鎌足《かまたり》さまウバワレの、頭が、なくなった。
ばくんっ、ばくんっ。
次は、肩《かた》が。
腹《はら》が。足が。どんどんけずれて、
鎌足《かまたり》さまが、なくなっていく。
その巨大鎌足《きょだいかまたり》さまの足もとで、不動《ふどう》はドサッと床《ゆか》にたおれた。
わたしは氷の棒《ぼう》を背《せ》にさしこまれたみたいに、両足がすくんで動けない。
たぶん、一秒もなかった。
まばたきをして、目を開いたときには——。
もう、鎌足《かまたり》さまウバワレは、あとかたもなくなっていた。

18 ナナシの犠牲者《ぎせいしゃ》

「く、食われた……？　食われてしまった……⁉」

ナナシだ。あいつが来ていたのだ。

巨大《きょだい》ウバワレがいた場所に、闇《やみ》のカタマリのバケモノがうごめいている。

それは、ずるりと動いて、次は、床《ゆか》にたおれた不動《ふどう》を食おうとする。

「――てめぇ！」

コオリが手すりから飛《と》びおりた。

彼《かれ》は消札《けしふだ》をふり上げ、ナナシを斬《き》りつける。

同時に駆《か》けた礼《れい》が、ナナシの大口にのまれかけた不動《ふどう》を、間一髪《かんいっぱつ》で救出《きゅうしゅつ》した。

バチンッ！

しかしナナシが、無数《むすう》の手足でコオリの体をからめとる！

「げっ」

「若《わか》！」
礼《れい》は不動《ふどう》をステージにほうり投げると、コオリのもとへ駆《か》けもどろうとする。
しかしその礼《れい》の真後《まうし》ろにも、真《ま》っ黒《くろ》い人間のシルエットがあらわれた。
「礼《れい》くん、後ろだ！」
叫《さけ》んだわたしに、礼《れい》はふり返りながら、消札《けしふだ》で斬《き》りつける。
ザンッ！
礼《れい》の消札《けしふだ》は、なにもない宙《ちゅう》をなぐ。
『**あーあ。気づかれてしまった**』
笑《わら》いながら、後ろへとびすさったのは――、我《われ》らがさがし続《つづ》けていた、暗黒人間だ！
わたしはすばやく字消士《じけし》たちを見くらべる。
礼《れい》は暗黒人間にジャマされて、コオリを助けに行けない。
コオリは、すでにヤバい！
からみついた腕《うで》や足が、彼《かれ》の体を宙《ちゅう》に持ち上げた。
真上《まうえ》を向いたナナシの大口が、ガパッと開く。
コオリはなぜか、反撃《はんげき》も、もがくコトすらしない。

「あっ……、あ……」

おどろいたように目を見開いたまま、恐怖《きょうふ》に震《ふる》えるような声をもらす。

――様子がおかしい？

なぜか、おとなしく**食われようとしている……っ！**

「コオリくん!?　抵抗《ていこう》しろ！」

『アハハハッ、食われろ！　ジャマ者はみんな食われてしまえっ。いい気味だァ！』

「若《わか》ッ！　おまえ、どけっ！」

大笑《おおわら》いする暗黒人間に、アセった礼《れい》が消札《けしふだ》をふり上げる。

しかし彼《かれ》も反撃《はんげき》で打ちふせられ、消札《けしふだ》を持つ手首をふみつけられた。

万事休《ばんじきゅう》す！　絶対的《ぜったいてき》大ピンチだ……っ！

――だがっ。

だが、我《われ》らは「ナナシを消す」のを天命《てんめい》と、心に誓《ちか》ったのだ！

ここで終われるものか！

わたしはお守りのクシを髪《かみ》からぬいた。

字消士《じけし》のようにいかんが、ぎりぎりでバランスを取り、回廊《かいろう》の手すりで仁王立《におうだ》ちになる。

「信長公《のぶながこう》がおっしゃっていたっ。絶対《ぜったい》に、絶対《ぜったい》は――っ、」

わたしはクシを刀のように持ち、両手でかまえる。

「ない！」

叫《さけ》ぶと同時、手すりから飛《と》びおり、上空からナナシに斬《き》りつける！

これはナナシよけのまじないのクシ。

わたしの持ちものの中では、もっとも防御力《ぼうぎょりょく》および攻撃力《こうげきりょく》が高いはずだっ。

ビシャビシャビシャッ！

ナナシの体を、クシの刃《は》が斬《き》りさく。

顔面に、クシをにぎる手に、ちぎれたナナシの一部が打ちつけてくる。

凍《こお》ったドロ水に、顔からツッコんでいくようだ。

クシはみごと、コオリに巻《ま》きついた無数《むすう》の腕《うで》を、本体から斬《き》りわけたっ。

彼《かれ》は視界《しかい》のハシで、どっと床《ゆか》に落っこちる。

「やった！」

――のは、よかったのだが、なんというマヌケ！

着地のことを考えていなかったっ。落ちるにまかせ、ぐんぐん床《ゆか》がせまる！

あなや、これは受け身をとっても骨折《こっせつ》コース！

「**和子《わこ》！**」

床《ゆか》に体を打ちつける寸前《すんぜん》、コオリの声が響《ひび》いた。


どさっ。


わたしはコオリの腹《はら》の上に、片《かた》ひざをついた姿勢《しせい》で着地する。

「グエッ！　あっ、あっぶね！」

赤い瞳《ひとみ》がめいっぱいに見開いて、わたしを見上げる。

正気の顔だ。

「アホウ、さっきはどうしたのだ！」

「悪《わり》ぃ、……えっと、**油断《ゆだん》したっ**。それよか、クシは割《わ》れてねぇかっ？」

「問題ないっ」

腹《はら》の上から、一瞬《いっしゅん》だけ視線《しせん》をかわす。

だが、ウカウカしている場合じゃない。

彼《かれ》はわたしをステージまでとどけて、自分は暗黒人間とのバトルへ加勢《かせい》に入る。

ナナシのほうは、ご婦人《ふじん》ウバワレにターゲットを変《か》えたようだ。

ゆっくり、ゆっくりと、巨大《きょだい》ウバワレな彼女《かのじょ》のもとへ近づいていく。

彼女《かのじょ》もそれに気づいて、回廊《かいろう》のすみっこへ、じりじりと下がっていく。

ご婦人《ふじん》ウバワレは、今、里《さと》の体を取りこんでいる。

このままナナシに食われたら、里《さと》も道づれだ。

あの方の正体を、はやく当てねば……っ、また、またっ、歴史人物《れきしじんぶつ》の魂《たましい》が、ナナシに食われてしまう！

第一候補《こうほ》の額田王《ぬかたのおおきみ》さまは、中臣鎌足《なかとみのかまたり》さまとは**「お姉ちゃんのだんなさん」**の間《あいだ》がら。

さっき中臣鎌足《なかとみのかまたり》さまが、知り合いっぽいムーブをしていたのも、彼女《かのじょ》ならおかしくない。

じゃあ、額田王《ぬかたのおおきみ》さまでいいのか――!?

だが、古代の女人《にょにん》は、とくに情報《じょうほう》が少ないのだっ。

お姿《すがた》がほぼほぼ視《み》えていたって、確信《かくしん》が持てん！

わたしが答えをはずせば、彼女《かのじょ》は大暴《おおあば》れ。

そしてナナシから逃《に》げるのも忘《わす》れて、きっと、ばくんっとやられる。

今さっきの鎌足《かまたり》さまみたいに……！

わたしのこの右手が書きつける文字しだいで、あの歴史人物《れきしじんぶつ》の魂《たましい》が食われるか否《いな》か、決まってしまうのだ。
全身から冷《つめ》たいアセが噴《ふ》きだす。
指さきが震《ふる》えて、とてもペンを持っていられん。
答えを決めてしまうのが、今までになく、怖《こわ》い……！
『今こそ、こぎ出《い》でましょう』
ぽそりと静《しず》かな声が、耳にとどいた。
つぶやきの主は、ご婦人《ふじん》ウバワレだ。
彼女《かのじょ》は、ナナシに体育館のカベぎわまで追いつめられている。
その闇《やみ》に消されてしまった顔は、窓《まど》の外に向いている。
夕空に浮《う》かんだ、白い月をながめている？
その彼女《かのじょ》の視線《しせん》が、わたしの手もとのほうへ動いた。
『さぁ、今ですよ』
この札《ふだ》がご自分を救《すく》うための札《ふだ》だと、たぶん、お分かりになっている。
そしてわたしがなにか迷《まよ》っているふうなのも。
だが、今こそやれ――、とおっしゃったのだ。

わたしはハッと息をのみくだした。

額田王《ぬかたのおおきみ》さまはラブソングだけでなく、兵士《へいし》をはげます、応援《おうえん》ソングも作られた。


わたくしたちは、戦《いくさ》へ向かう船に乗ろうと、ずっと月が出るのを待っていましたね。今こそ、月が出て、潮《しお》も満《み》ちた、奇跡《きせき》のチャンスですよ。さぁ、今、こぎ出《い》でましょう！


彼女《かのじょ》がつぶやいた「こぎ出《い》でましょう」は、この歌からか？

だとしたら、額田王《ぬかたのおおきみ》さまの線で、決まり……だよな？

わたしはたおれた二百人の生徒《せいと》と、巨大《きょだい》ご婦人《ふじん》に目を走らせ、ギュッと両のまぶたをつぶる。

やれとはげましてくださった。

そうだ、自分の歴史知識《れきしちしき》を信《しん》じろ、天照和子《あまてるわこ》！

わたしは震《ふる》える手をはげまし、消札《けしふだ》に「**額田王《ぬかたのおおきみ》**」と名を書きつける。

そして、暗黒人間と攻防《こうぼう》を続《つづ》けるコオリと礼《れい》に目を向けた。

「そのまま暗黒人間の動きを封《ふう》じていてくれっ。わたしが、彼女《かのじょ》を成仏《じょうぶつ》させる！」

走りだそうとした、その時だ。


『そんなよゆうが、あるのかなァ』


視界《しかい》が、フッと暗くなった。

いや――、暗黒人間がわたしの目のまえに立ったのだ。

今コオリたちと戦《たたか》っていたのに、瞬間移動《しゅんかんいどう》か⁉

「和子《わこ》！」

「天照《あまてる》さん！」

フロアの対角線、十メートルは離《はな》れた場所から、出しぬかれた字消士《じけし》たちが叫《さけ》ぶ。

『日《ひ》の御子《みこ》。おいで。また黄泉《よみ》に連れて行ってやろう』

暗黒人間が、わたしに向かって腕《うで》を伸《の》ばしてくる。

「だれが行くものか……っ」

至近《しきん》キョリから発せられる悪気《あっき》に、ドライアイスで肌《はた》をチリチリ灼《や》かれるようだ。

「わ、和子《わこ》ちゃ、」
どさっ。
すぐそばにいた隼士《しゅんじ》たちが、気絶《きぜつ》してたおれた。
あまりに強い悪気《あっき》にあてられたのだ。
助け起こしてやりたいが、わたしも、動けん……っ。
真《ま》っ黒《くろ》な顔の後ろに、こちらに駆《か》けてくるコオリと礼《れい》の姿《すがた》が見える。
暗黒人間《こいつ》は、いったいなにがしたいのだ。
ナナシとどういう関係《かんけい》で、なにゆえナナシを操《あやつ》れるのだ。
そしてなぜ、よっちゃん先生の体をうばった。
「**クソォ…………ッ！**」
その真《ま》っ黒《くろ》ボディの下には、よっちゃん先生が入っているのだぞっ。
うちのクラスの、**ぽやぽやチワワを返せ！**
そして敬愛《けいあい》する、**吉乃《よしの》先生のお体を返せ！**
お体を取りもどさんかぎりは、わたしは、ご新刊《しんかん》を永遠《えいえん》に読めなくなる……！
そう考えたとたん、凍《い》てついた体が一気に燃《も》えあがった。

トキメキきゅんきゅんどころじゃないっ、**怒《いか》りぎゅんぎゅん着火ファイヤー**なり！

「許《ゆる》すまじ、暗黒人間!!」

わたしはクシの超光速居合《ちょうこうそくいあい》ぬきで、暗黒人間の体をナナメに斬《き》りあげた！

わたしの怒《いか》りの一撃《いちげき》を、暗黒人間は「おっと」と身を引いて、軽くかわした。

だが、そんなコトは折《お》りこみずみだっ。

わたしの初太刀《しょだち》はフェイント！

字消士《じけし》二人が背後《はいご》の左右から、消札《けしふだ》で斬《き》りつける。

本命の攻撃《こうげき》は、こっちの二人だっ。

ばちんっ！

しかしコオリと礼《れい》はふっ飛《と》ばされて、床《ゆか》とカベに激突《げきとつ》する。

だが、暗黒人間のほうも、ノーダメージではなかったようだ。

体からボワッと黒いモヤがふくらみ――。
そして今回こそ、わたしは視《み》た。

うすらいだ黒い色の向こうに、**よっちゃん先生の顔がある。**

見まちがえではなかった。
よっちゃん先生は、完全《かんぜん》にのっとられている。
表情《ひょうじょう》もウツロだ。いつものチワワじゃない。
「キサマッ、いつから先生の体をうばっていた！」
暗黒人間があらわれるようになってからも、我々《われわれ》はフツーに先生の授業《じゅぎょう》を受けていた。
冬休みの補習《ほしゅう》のときも、大みそかの神社もうでのときも、いつもの先生だった。
あのころは、まだとり憑《つ》いてはいなかったはずだ。
その後にのっとったのか？
『フフ、フフフフ……ッ』
暗黒人間は、手のひらで顔をおおって、わたしから足を引く。

『天照《あまてる》さんは歴史《れきし》が好《す》きなんだね。いっしょに歴史《れきし》の話ができたらうれしいなぁ』


とうとつに、暗黒人間の口から、よっちゃん先生のセリフが出てきた。

「……それは、わたしが初《はじ》めて、先生に話しかけたときの……」

大学で歴史《れきし》を学んでいたと聞いて、思わず廊下《ろうか》でつかまえた時の返事だ。

黒いモヤにのぞく、よっちゃん先生の瞳《ひとみ》が、優《やさ》しげににっこりと笑《わら》う。

いつものぽやぽやチワワと、同じ笑顔《えがお》だ。

「よっちゃん先生……?」

細い声で呼《よ》びかける。

コオリも礼《れい》も、床《ゆか》から身を起こした体勢《たいせい》のまま、絶句《ぜっく》している。

このセリフを知っているなら、あの時にはすでに先生の魂《たましい》を追いだし、体をうばっていた……?

先生から悪気《あっき》を感じたことはなかった。

なら、前回の隼士《しゅんじ》と同じように、本人の魂《たましい》を追いだして、体にスッポリおさまっていたのだ。

そして本人のフリをしていた、と。

そ、そんなに前から?

「待て。待ってくれ。いくらなんでもそんな……っ。せ、先生の魂《たましい》は、どこにやったのだっ」

『フフッ、フフフッ。いつから、どこへやったのだろうなァ? アァ、今日はひとつ、ゆかいだった。ここまでで退散《たいさん》してやろう。アハッ、アハハハハハハハ!』

暗黒人間は大笑《おおわら》いを残《のこ》し、黒いモヤを宙《ちゅう》ににじませていく。

「逃《に》げるな!」

こいつには、山ほど聞きたいことがあるのにっ。

「てめぇ、待《と》ちやがれ!」

コオリが飛びかかった。

だが悪気《あっき》に弾《はじ》かれて、礼《れい》もろとも、フロアにたたきつけられる。

そちらに目を向けた隙《すき》に、――暗黒人間はもう、いなくなっていた。

19 よっちゃん先生

またよっちゃん先生をとり返しそこねた。
しかも、ヤツは小五の初《はじ》めには、もうすでに、本物と入《い》れ替《か》わっていただと……!?
なにがなんだか分からん。
頭の芯《しん》がまっしろになって、しびれている。
そうだ、それに……っ！
フロアをふり返ると、ナナシも消えている。
暗黒人間といっしょに撤収《てっしゅう》したのだ。やはりあいつは、ナナシすらも操《あやつ》れる。
「か、鎌足《かまたり》さまは……っ！」
わたしはナナシがいた場所に駆《か》けより、バッと両手をつく。
鎌足《かまたり》さまの魂《たましい》は、あとかたも……ない。

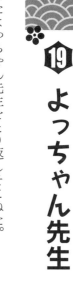

食われた。

初《はじ》めて、視《み》てしまった。ナナシに魂《たましい》が食われるところを。

あんなにあっけないモノなのか？

だって、中臣鎌足《なかとみのかまたり》さまだぞ？

日本のてっぺんに千年以上《いじょう》も輝《かがや》きつづけた、「藤原《ふじわら》」さんの原点の御方《おかた》なのに。

あの方がいらっしゃらなければ、今の日本は、まるきりちがう日本になっていたはずなんだぞ。

「なのに、魂《たましい》が、食われた……」

心臓《しんぞう》がバクバク波打って、うまく息ができん。

へたりこんだまま、どれくらいボウッとしていたのだろうか。

ふいに横から影《かげ》がさした。

「和子《わこ》、和子《わこ》。わーこ」

目のまえからひょいと赤い瞳《ひとみ》にのぞきこまれて、わたしは我《われ》に返った。

「よかった。目ぇ開けたまま気絶《きぜつ》してんのかと思った」

何度も呼《よ》ばれていたようだが、まったく気づかなかった。

手ににぎりしめていたはずの「額田王《ぬかたのおおきみ》」の消札《けしふだ》が、なくなっている。

それについて聞こうとしたら、コオリが先に口を開いた。

「あのよ、和子《わこ》。……ナナシって、手とか足とか、いっぱい体からハミ出してるだろ。あれって食われた魂《たましい》の一部だよな」

「……う、うむ？」

「その腕《うで》とか引っぱれば、**助けられねぇかな？**」

わたしは目が丸くなった。

「ハ？」

険《けん》のある声を出したのは、わたしじゃない。

後ろに立っていた礼《れい》だ。

「引っぱりゃ出てくるって、『大きなカブ』でもあるまいし、無理《むり》ですよ。取りこまれたら、悪気《あっき》で溶《と》かされて、ナナシの一部になっていくんでしょ」

「手とか足のカタチがあんなら、魂《たましい》ぜんぶが溶《と》けきってねぇってことだろ。松壱《まついち》だって、すげぇちっちゃい魂《たましい》のカケラでも、ちゃんと松壱《まついち》のまま成仏《じょうぶつ》できたし。最近《さいきん》食われたばっかの魂《たましい》なら、少しは残《のこ》ってそうじゃねぇか？　……そりゃ、名前をウバわれたまま食われたヤツは、あっという間に溶《と》けそうだし、食われて時間がたってる魂《たましい》は、なおさら、もうダメかもだけど」

コオリは、これまで食われた日《ひ》の御子《みこ》たちのことを考えたのだろうか。

自分の心臓《しんぞう》のうえに、ギュッとツメを立てている。

「でもよ。和子《わこ》が、ウバワレを成仏《じょうぶつ》させる方法《ほうほう》を見つけてくれるまで、字消士《オレたち》はそんなん無理《むり》だって思いこんでただろ。**ナナシから魂《たましい》を助ける方法《ほうほう》だって、あきらめなきゃ、見つかるかもしれねーじゃねぇか**」

この男はたぶん、ずっとその可能性《かのうせい》を考えていたのではあるまいか。

ナナシをたおせば、もしかしたら、すでに食われた魂《たましい》だって、助けられるかも——と。

……わたしも黄泉《よみ》の国で、悪気《あっき》のゼリーに包《つつ》まれて溶《と》かされかけた。

しかし、コオリが救《すく》いだしてくれたじゃないか。

「——**絶対《ぜったい》に、絶対《ぜったい》はない**。信長公《のぶながこう》はそうおっしゃっている」

わたしは顔を上げた。

コオリはわたしを、優《やさ》しい、しかし哀《かな》しいような瞳《ひとみ》で見つめている。

彼《かれ》はゆっくりとうなずいた。

「だから、そのナカトミノカマキリも、絶対《ぜったい》に助けられねぇってコトは、**絶対《ぜったい》にねぇよ**」

ここでカマキリが出てくるか。

「……アホウ。鎌足《かまたり》さまはカマキリさまにあらず」

わたしはフハッと笑《わら》った。

なんだ、まったく。

つい数秒まえまで絶望《ぜつぼう》のふちにいたのに、笑《わら》ってしまったじゃないか。

絶対《ぜったい》に絶対《ぜったい》はない。

信長公《のぶながこう》の言葉を胸《むね》のなかでくり返す。

そしてコオリと礼《れい》と、視線《しせん》をかわす。

じわじわと魂《たましい》が熱《あつ》くなっていく。

絶対《ぜったい》に無理《むり》だとあきらめたら、そこで戦《いくさ》は終了《しゅうりょう》だ。

我《われ》らの天命《てんめい》は、ナナシをたおすこと。

ナナシをたおせば、鎌足《かまたり》さまや、ほかの食われてしまった歴史人物《れきしじんぶつ》たちも、お救《すく》いできるかもしれん。

その希望《きぼう》を、捨《す》ててはならんっ。

うむ!!

「一刻《いっこく》もはやく、ナナシから、鎌足《かまたり》さまの魂《たましい》を引っぱり出せばよい！　そういうコトだよなっ」

そして暗黒人間もどうにかして、………その前に、あいつのことは、考えなきゃいかんことが山ほどあって、今は頭がぐちゃぐちゃだが、ともかく！

コオリと手のひらをバンッとたたき合わせ、わたしは立ち上がる。

字消士《じけし》二人は、どこかホッとしたような顔をする。

「やってやろーぜ、和子《わこ》」

「まぁ、やってみてもいいんじゃないですか。モノは試《ため》し的《てき》に」

体育館のカベには大きなヒビが入り、回廊《かいろう》のガラス窓《まど》は割《わ》れ、天井《てんじょう》のパネルもところどころ落っこちてしまっている。

たおれふした生徒《せいと》たち。

ステージに放りおいた不動《ふどう》も、まだぴくりともせん。

二階の回廊《かいろう》では、里《さと》が気絶中《きぜっちゅう》。

さんざんなありさまだが――、里《さと》の上には、ユーレイのご婦人《ふじん》、額田王《ぬかたのおおきみ》さまが浮《う》かんでいらっしゃる。

ふくよかなほほを持ち上げて、にっこりと、わたしに笑《え》みかけてくださった。

黒いモヤは晴れ、ちゃんと飛鳥《あすか》美人のご人相《にんそう》である。

鎌足《かまたり》さまのことでヘコみすぎてて気づかなかったが、コオリか礼《れい》が、消札《けしふだ》で名を取りもどしてくれたのだろう。

よかった。本当に額田王《ぬかたのおおきみ》さまで合っていたのだ。

本当によかった……！

ダンダンダンダンダンッ！

入り口のひしゃげたとびらを、向こうがわから、だれかが叩《たた》きはじめた。

「ここを開けなさいっ！　なにをやってるんですか！」

校長先生の声だ。

ほかにも、大さわぎの先生たちの声が続《つづ》く。

「……もしや、わたしたちがこの事態《じたい》を説明《せつめい》するのか」

「うげ、メンドくせ。早く事務方《じむかた》が来てくんねぇかな」

「それまでしらばっくれましょ。ほかの生徒《せいと》といっしょに、気絶《きぜつ》してるフリでもしときます?」

「よし、それだ」

わたしたちはよっこいしょと、わざとらしくフロアに横たわり、まぶたを下ろす。

薄目《うすめ》を開けたら、コオリがこっちを見ていた。

なんだかイタズラをしているような気持ちになって、わたしは思わず笑《わら》いかける。

だが彼《かれ》のほうは、なにか痛《いた》みが走ったような顔をして、ぎゅうっと目をつぶってしまった。


ネジこまれた正面とびらは、先生たちのがんばりによって、なんとかハズしてもらえた。

生徒《せいと》たちはやっと脱出《だっしゅつ》できて、グラウンドでぼーぜん。

そろって悪夢《あくむ》を見ていたような顔で、「なにがなんだか」と混乱《こんらん》していたのだが。

「あ、じゃあチョコどうぞ……」「くれるの?　ありがとう」と、ヘコたれずにバレンタインを楽しんでおり、まっこと不屈《ふくつ》の精神《せいしん》である。

先生たちは、やはり会議《かいぎ》で不動《ふどう》とモメたせいで、気絶《きぜつ》させられていたらしい。

体育館に駆《か》けつけた校長は、体育館の惨状《さんじょう》を見まわして、ヒザからくずおれていた。


——そして。わたしたちは、人目をさけて中庭へ移動《いどう》した。

額田王《ぬかたのおおきみ》さまもまだ成仏《じょうぶつ》されず、ベンチで眠《ねむ》る里《さと》の上に、ふよふよと浮《う》いておられる。

「こんなさわぎを起こして、不動《ふどう》はクビですかね」

礼《れい》はよごれたメガネをふきふき、まだ赤い色のおさまらない目で、体育館の方面をにらんだ。

「うーむ、どうだろうなァ。憑《つ》かれていたあいだの記憶《きおく》は、あいまいになるようだし。本気で『記憶《きおく》にゴザイマセン』ジョータイなら、シラを切りとおせるんじゃないか？」

「天照《あまてる》さんって、意外とテキトーですよね」

「わたしはあの教師《きょうし》、最初《さいしょ》から**怒《いか》りぎゅんぎゅん着火ファイヤー**だったのだ。我《わ》が友に対して、ヒドい言いようだったからな」

ちらりとコオリを見やると、彼《かれ》は自分を指さし、きょとんとする。

「オレはべつに、そんなん今さらだから、ぜんぜん気にしてねーけど」

「大事な友をけなされるのは、わたしにはクツジョクなのだよ」

肩《かた》をたたくと、コオリの顔面にみるみるあかね色がさしていく。

礼《れい》のほうは肩《かた》をすくめた。

「……あの。ボク、不動《ふどう》先生のコト、ちょっと知ってたんだ」

エンリョがちに手をあげたのは、つぐみだ。

彼《かれ》はベンチで里《さと》にヒザを貸《か》し、まくら係にてっしていたのだが。

「ボクが学校に行かなくなったころなんだけど。校門のまえで、どうしても足が動かなくなっちゃったコトがあったんだ。朝の会スタートのチャイムが鳴ってるのに、どうしようもなくて、冷《ひ》やアセをダラダラたらしてたら……。不動《ふどう》先生が、門を閉《し》めに来た」

「不動《ふどう》もたしか、しばらく病気で休んでいたと聞いたが？」

わたしが首をかたむけると、つぐみは重たい瞳《ひとみ》でうなずいた。

「知ってる。不動《ふどう》先生も休みだしたのは、ボクとそんなかわらない時期だと思うよ。……その日は、先生に『はやく教室へ行きなさい！』って、怒《おこ》られると思ったんだ。だけど、ボクのことをジッと見つめて。静《しず》かに、『**入るか？**』って聞いてきたんだ。びっくりしちゃって、『家に帰ります』って後ずさったらさ。なんかすごく疲《つか》れた顔で笑《わら》って、『**分かるよ**』って」

ほう……。

思いもよらんエピソードに、わたしは目をしばたたいた。

「ボクね、あの『分かるよ』が、ずっと耳に残《のこ》ってたんだ。不動《ふどう》先生もしんどかったんだよね。たぶん、すごくキチキチやりたい人だから、生徒《せいと》が思うように動いてくれなくて、行きづまってたんじゃないかな」

「なるほどなァ。そして、同《おな》い歳《どし》のぽやぽやチワワは、テキトーなノリでうまくやっておったのだ。それは、ヤキモチを焼《や》くよな」

「ボクは、あの人のことはキラいじゃないんだ……。ちょっと、**仲間《なかま》って気がしてた**」

不動《ふどう》の憎々《にくにく》しいツラを思いうかべると、そんなことがあったとは、とても意外だ。

意外だが——、しかし、人というのは、自分が見ただけのものじゃ、語れないのかもしれん。

里《さと》は、先生にとっては風紀《ふうき》を乱《みだ》す、やっかいなパリピの頭目《とうもく》だ。

しかし生徒《せいと》たちからしたら、楽しいパーティをして、恋《こい》を手助けしてくれるキューピッド。

額田王《ぬかたのおおきみ》さまだって、二人の皇子《おうじ》の愛《あい》をかっさらった方《かた》ゆえ、当時のライバルの妃《きさき》たちからしたら、「ズルい女」と思われていたかもしれん。

しかしきっと彼女《かのじょ》は、それほど、まわりをひきつけてやまない魅力《みりょく》にあふれていたのだ。

兵士《へいし》に応援《おうえん》ソングをおくったり、日本の大工事を進めるプリンスたちを支《ささ》えたり。

彼女《かのじょ》はもともと「**巫女《みこ》**」だったという説《せつ》もある。

巫女《みこ》とはすなわち、神に人々《ひとびと》の幸せを祈《いの》るプロフェッショナル。

人の幸せのために働《はたら》くことを、「うれしい！」と思えるような心の方《かた》だとしたら、やっぱり、愛《あい》されるべき方《かた》だったのではないか。

そう考えたら、まわりの恋《こい》や笑顔《えがお》のために、全力でパーティをする里《さと》にも重なるよな。

歴史人物《れきしじんぶつ》たちの人生は、その方を**いろんな角度からながめてみないことには、「本当のお姿《すがた》」は見えてこない。**

現代人《げんだいじん》の里《さと》や不動《ふどう》だって、同じことなんだろう。

ガルガルしっぱなしのドーベルマンかと思いきや、つぐみの心に寄《よ》りそえたような、弱き、優《やさ》しき一面もあった。

「不動《ふどう》先生についていては、ムカつくばかりだったが。キミの話を聞いてしまうと、なんとも憎《にく》みきれなくなってしまうな」

「……うん」

つぐみは、すぴょすぴょ眠《ねむ》る里《さと》を見下ろし、ベンチに置《お》いた手をにぎりこむ。

つぐみには水谷里《みずたにさと》という助《たす》け舟《ぶね》があらわれたが、不動《ふどう》にはあらわれなかった。

……だが、不動《ふどう》がヤキモチを焼《や》いていたチワワの中身は、その時も実は、暗黒人間だったかもしれんのだよな。

ヤツは、わたしと出会ったときには、すでに吉田日哉《よしだにちや》の体に入っていた。

わたしの知る「よっちゃん先生」は、暗黒人間だった？

だって、だれも悪気《あっき》に気づけないほど、スッポリと体に入っていたのだ。

本当の「吉田日哉《よしだにちや》」の魂《たましい》は、追いだされているはず。

ならば、我々《われわれ》といたときの、あの情《なさ》けない性格《せいかく》もウソだったのかもしれない。

いや、それだけじゃない……よな？

冬休みの先生は、わたしの目のまえで小説《しょうせつ》の原稿《げんこう》を書いていた。

そんなところまで、マネできるものなのか？

彼《かれ》の作風にはずっと変《か》わりがなかった。

ならば、デビューした大学時代には、すでに中身はちがったんじゃないか？

「一之瀬吉乃《いちのせよしの》」だって、本物の吉田日哉《よしだにちや》ではなく、暗黒人間だった……？

ゾッと背《せ》すじが冷《つめ》たくなった。

幼少《ようしょう》の雪《ゆき》ちゃんが、視《み》えなくなった事件《じけん》。

もしその時のよっちゃん先生も、中身が暗黒人間だったとしたら――。

未来《みらい》のジャマ者になる字消士《じけし》のあと継《つ》ぎを、わざと屋敷《やしき》の外におびきだし、ナナシにおそわせたんじゃないか？

思いもよらず松壱《まついち》が助けに入って、コオリは視《み》えなくなるも、命はとりとめたが。

……しかし、しかしだな。

じゃあ、四月、わたしとコオリを、わざわざ友だちにさせたのは、どうしてなんだ。

字消士《じけし》のあと継《つ》ぎと日の御子《ひのみこ》は、バラバラにさせておいて、それぞれツブしたほうが面倒《めんどう》じゃなかろう。

それに、先生と奥方《おくがた》さまの恋《こい》も、ニセモノだったと？

ツジツマが合わん気がする。

わたしは、どこかで、なにかをカンちがいしているのか？

暗黒人間は、なにをたくらんでいるのだ。

……分からんがっ、とにかく、このままにはしておけん。

まずは暗黒人間について、真相をつきとめねば。

「**むにゃむにゃ……。みんな、トキメキ……きゅぅ〜ん♡**」

里《さと》が寝《ね》ボケて、夢《ゆめ》の中でまで、トキメキビームを撃《う》っている。

「まったく、こやつは」

ヨダレをたらして爆睡中《ばくすいちゅう》の里《さと》を、わたしはあきれ笑《わら》いで見下ろす。

アッパレと言いたくなるほど、どこまでも我《わ》が道をゆくヤツだ。

無事《ぶじ》で、よかった。

20 わたしが抱《いだ》く、熱《あつ》き想い

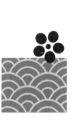

『今日はたくさんの愛《あい》を結《むす》べて、とても幸せな気持ちになりました。その女子《おなご》の愛《あい》が実るのも、見とどけてから成仏《じょうぶつ》したかったけれど。この世に長居《ながい》は、よくありませんね。そろそろ退散《たいさん》することにいたしましょう』

「まっことお世話になり申した。伝説《でんせつ》の、愛《あい》のシンガーソングライターにお会いできて、祝着至極《しゅうちゃくしごく》に存《ぞん》じ奉《たてまつ》りまする」

深々《ふかぶか》と頭を下げたわたしに、額田王《ぬかたのおおきみ》さまはホホホと笑《わら》う。

彼女《かのじょ》は手にした絹《きぬ》のうちわで、わたしの心臓《しんぞう》のあたりに、そっとふれた。

『あなたがまだ気づかない、**小さなそれ**も、いつか実りますように』

「わたしのそれ……ですか？」

『**オホホ**♡』

心臓《しんぞう》にあって、実るもの？

きょとんとするわたしに、額田王《ぬかたのおおきみ》さまはほほ笑《え》んで、なぜかコオリや礼《れい》のほうへ目を向ける。

「――アッ。分かり申した！　しかし、わたしのこれは、けっして小さくありませんぞ。**熱《あつ》く、強き想いです**」

「「えっ」」

後ろの字消士《じけし》二人が、みょうにおどろく声をあげた。

『まぁ、それはそれは。でしたらわたくしは、あなたたちの愛《あい》を、天から見守っていますね』

ありがとう、ありがとう。

彼女《かのじょ》はそうくり返しながら、ゆっくりと天へのぼってゆく。

あかね色の夕空に、きらきらと光の粒子《りゅうし》となってゆく姿《すがた》は、まるで天女《てんにょ》のよう。

二人のプリンスをとりこにした御方《おかた》だと、ナットクの清《きよ》らかさだ。

……わたしはしばし、彼女《かのじょ》の光のなごりを見上げていたが。

「ええ、額田王《ぬかたのおおきみ》さま。わたしは必《かなら》ずや、**歴史《れきし》への愛《あい》**を、大きく実らせてみせましょう！」

あらためて、高らかに宣言《せんげん》する。

暗黒人間にもナナシにも負けていられるか。

あいつらをどうにかして、吉乃《よしの》先生を、そして鎌足《かまたり》さまをお助けするっ。

歴史人物《れきしじんぶつ》をお救《すく》いすることこそ、我《わ》が歴史《れきし》への愛《あい》を実らせることと、イコールなり！

「なっ、二人とも！」

笑顔《えがお》を向けると、彼《かれ》らはその場にしゃがみこみ、ぐったりとうなだれるじゃないか。

「急にどうしたのだ、キミたちは」

「「なんでもねー」です」


「あ、見つけた！」


グラウンドのほうから、聞きおぼえのある声がした。

女子二人がこちらへ走ってくる。

我々《われわれ》に向かって手をふるのは、**花ノ木音々《はなのきねね》**。

となりに**有月ユリハ《ありづき》**だ。

そういえばあの二人も、バレンタインパーティに参加《さんか》しているのを見かけたな。

「和子《わこ》ちゃんっ、けっきょく渡《わた》しそこなっちゃうかと思ったよ〜っ」

「和子《わこ》、これ」

紙ぶくろを押《お》しつけられて、わたしはキョトンとした。

とっさに受けとったが、なんぞや。

「音々《ねね》といっしょに作ったんだから、返さないでよね」

「ぬ？」

よく分からんうちに、ユリハはもうU《ユー》ターンして、校舎《こうしゃ》へ駆《か》けこんでいく。

「待ってユリハ！　あ、あのね、ふつうに渡《わた》すのは気まずいからって、里《さと》ちゃんに『和了《わこ》ちゃんはパーティに絶対参加《ぜったいさんか》』って無理《むり》をたのんだの、**ユリハなの**。ごめんね。

でも、その友チョコ、受けとってくれたらうれしいなっ。あとこっちは、里《さと》ちゃんが体育館に忘《わす》れてったもの。それとこっちは、報道《ほうどう》クラブの号外ね」

音々《ねね》は早口でまくしたてる。

そしてもう一つの紙ぶくろと、丸めた紙まで、わたしに押《お》しつけてくる。

彼女《かのじょ》はつぐみにバチンッと片目《かため》をつぶってみせてから、急いでユリハを追いかけていった。

嵐《あらし》のように去っていった二人に、わたしはポカーンだ。

「ぬ……？」

とりあえず、ユリハから渡《わた》された紙ぶくろをのぞきこむ。

カップケーキに、なんとっ。

織田信長公《おだのぶながこう》の家紋《かもん》が、チョコペンで描《えが》かれている！

いとうれし！

しかしちょっとよく分からんが、「わたしにチョコを渡《わた》したい人間がいるから、パーティ強制参加《きょうせいさんか》」——というのは、ユリハが、その依頼者《いらいしゃ》だった？

この歴女《れきじょ》・天照和子《あまてるわこ》が、信長公《のぶながこう》のカップケーキを受けとらんわけがないのになァ。

ムフッ。

「天照《あまてる》さん。その号外、見せてもらえます？」

礼《れい》が丸まった紙を開いた。

すると——、イヤな予感しかない「報道《ほうどう》クラブ・バレンタイン速報《そくほう》！」の見出し。

「おお」

「うわ」

「マジか」

礼《れい》とコオリと三人でのぞきこみ、三人でうめいてしまった。

高天原小《たかまがはらしょう》のロミオとジュリエット
決死の公開コクハク！　怪奇現象《かいきげんしょう》に負けず、ラブ成就《じょうじゅ》で、感動のフィナーレ！

でかでかとのせられた写真は、里《さと》が体育館の回廊《かいろう》から、つぐみがフロアから、熱《あつ》いまなざしをかわす姿《すがた》。

まさに、バルコニーの上と下から愛《あい》を語らうロミオとジュリエットだ。

和泉川一華《いずみかわいちか》、とんと姿《すがた》を見せんと思ったが。

取材《しゅざい》はバッチリ終えて、さわぎが静《しず》まると同時に、こんなものを印刷《いんさつ》していたらしい。

やっかい忍者記者《にんじゃきしゃ》、あいかわらずだ。

だが記事を読んでみれば、「**とある人物**が悪霊《あくりょう》にとり憑《つ》かれ、二人の愛《あい》を引きさこうとしたが、通りすがりのゴーストバスターがあらわれた。彼《かれ》は、本校の**とある生徒《せいと》**たちに幽《ゆう》霊退治《れいたいじ》の力をさずけてくれて、なんちゃらかんちゃらでどーにかなった」――という、文化祭のときと同じく、うさんくさすぎる話になっている。

「……ボクたちは、和泉川一華《いずみかわいちか》に借《か》りを作ったようですね」

「マズいな。礼《れい》くんがだれかとつきあって、あやつのインタビューでも受けてきたらどうだ」

「いえいえー。バカさまのほうが、喜《よろこ》んでもらえるでしょうしー」

「ふざけんな。礼《れい》、前にもオレのこと、勝手に和泉川《いずみかわ》に売っただろ。今度はやんなよ」

コンコン・ぽんぽこズが、またやり合いはじめた。

そしてつぐみは、ふしぎそうな顔でわたしたちをながめている。

「新聞、なんて書いてあったの？」

「いや。…………あとで、里《さと》と読むとよい」

この号外をつぐみが一人で読んだら、きっと気絶《きぜつ》する。

わたしは里《さと》の忘《わす》れものだという紙ぶくろに、丸めた紙をツッコんでおく。

すると、中には、透明《とうめい》ラッピングのチョコレートクッキーが入っている。

見てくれは悪いが、**鳥をかたどったらしい、手作りのクッキーだ。**

……なるほど？

わたしは、すぐそこの、鳥の名を持つ少年を見やった。

和泉川《いずみかわ》の記事も、見出しくらいは、本当のことになりそうだ。


里《さと》は熟睡《じゅくすい》に入ったらしく、目覚《めざ》める気配がない。

起きたら、つぐみが家まで送るとのことで、おジャマ虫な我々《われわれ》は、一足さきに撤収《てっしゅう》した。

教室にカバンを取りにもどり、隼士《しゅんじ》や瀬戸《せと》の無事《ぶじ》をたしかめ、さらに下川《しもかわ》と矢井田《やいだ》のカップルに、「めでたしめでたし」とテキトーな祝福《しゅくふく》をさずける。

などとバタバタしているうちに、コオリが見当たらなくなった。

礼《れい》とはいつもどおり昇降口《しょうこうぐち》で落ちあう手はずだが、コオリもそこに集合するつもりだろうか？

「和子《わこ》ちゃん、もう帰っちゃうの？」

「うむ。瀬戸《せと》、コオリくんを見なかったか」

「狐屋《きつねや》は、さっき女子に呼《よ》ばれてったよ。小耳にはさんだところじゃ、体育館のウラだって」

「なんと」

おそるべき瀬戸《せと》の情報網《じょうほうもう》。

そういえば、コオリにチョコを渡《わた》したい者も多いと、里《さと》が言っていたな。

体育館ウラへの呼《よ》び出しなど、決闘《けっとう》でなければ**告白《こくはく》だろう**。

その最中《さいちゅう》だったら、それこそとんだおジャマ虫だ。

今日はテレビで歴史番組《れきしばんぐみ》がある日ゆえ、わたしはとっとと帰宅《きたく》したい。

字消士《じけし》の護衛《ごえい》は、礼《れい》がいれば問題ないはず。

「じゃあ、先に帰るかね」

——と、カバンを持ったのに。

気づいたら、なぜかわたしは、体育館ウラをのぞきこんでいた。
なんだ。女子《おなご》はおらず、**コオリ一人きり。**
彼《かれ》は植えこみの岩に腰《こし》をおろし、スマホで通話中であった。
盗《ぬす》み聞《ぎ》きはよろしくないよな。
昇降口《しょうこうぐち》で待つことにしようと、足を引いたとき、
「その、カマキリってのが、ナナシに食われた。……うん。助けられなかった。悪《わる》い」
重たい声が、耳に入ってしまった。
相手はおそらく、上《うえ》さまだろう。
女子の告白《こくはく》とやらはすでに終了《しゅうりょう》し、そのまま今回のさわぎを報告《ほうこく》していたのか。
告白《こくはく》は受けたのか断《ことわ》ったのか――なんて聞く気も失《う》せてしまった。
……さっきコオリは、「鎌足《かまたり》さまは、まだ助けられるかも」とはげましてくれたが。
考えてみたら、彼《かれ》だって、救《すく》いたい魂《たましい》を救《すく》いそこなったのは、ショックだよな。
しかもコオリはこれまで成仏《じょうぶつ》させる方法《ほうほう》を知らず、ウバワレを消すしかなかったのだ。
ナナシに食われるのもツラいが、自分で消すのなんて、どれほどツラかっただろう。
今日、魂《たましい》が消える現場《げんば》を目《ま》の当《あ》たりにして、そのツラさが生々《なまなま》しく想像《そうぞう》できてしまう。

「氷」の字消士《じけし》でいたって、本当はそのたび傷《きず》ついていて、ただ、その傷《きず》に気づかぬフリをしてきたのだろう？

コオリの背中《せなか》が、いやにはかなく見える。

わたしは――、彼《かれ》のとなりに歩みより、無言《むごん》でとなりにしゃがんだ。

どうせ、字消士《じけし》がわたしの気配に気づいていないワケがないのだ。

コオリはちらりとこっちを見た。

電話を切ろうとする彼《かれ》に、わたしは手のひらを出し、「待ってるから、気にせず話を続《つづ》けてくれ」の合図を出す。

そのままヒザを抱《かか》えて、しばらくコオリの電話のやり取りを聞いていたが――。

すぐそこに、細かな白い花がたくさん咲《さ》いているのを見つけて、一輪《りん》、つんでみた。

額田王《ぬかたのおおきみ》さまと大海人皇子《おおあまのみこ》がラブコールを交わした、「**紫野**《むらさきの》」。

そこで咲《さ》く花は、実は根っこが紫《むらさき》なだけで、花びらは真《ま》っ白《しろ》なのだよな。

わたしが今つんだのは、**スノードロップ**。

日本での名は**待雪草**《まつゆきそう》だったか。

冬の冷《つめ》たい雪のなかで育ち、春を待つ草。

かれんな姿《すがた》でいて、とても強き花なのだ。

「――これから、和子《わこ》を送って帰る。じゃな」

コオリが電話を切ったのを見はからって、わたしはその花を、コオリの髪《かみ》にさしてみる。

耳の上でゆれる、鈴《すず》のような白き花。

「なんだよ、にあわねーよ」

コオリはこまった顔で笑《わら》うが、その瞳《ひとみ》はやはり、元気がない。

「平安貴族《へいあんきぞく》もぼうしに花をかざったものだし、海外のバレンタインは、チョコじゃなく、花を贈《おく》るのが定番だそうだぞ」

「へー？」

「それにな。わたしが世話になった御礼《おんれい》ではなく、……つまり義理以外《ぎりいがい》で、**だれかになにかをあげたいと思ったのは、今が初《はじ》めてなのだ。**まぁ、受けとれ。チョコを用意していなかったから、その代わりだ」

「……そっか」

コオリは目をぱちぱちとまたたく。

わたしは今、バレンタインパーティで、いそいそとチョコを渡《わた》そうとしていた者たちや、里《さと》の気持ちが、少しばかり分かった気がする。

だれかになにかを贈《おく》るのは、すなわち、**相手の喜《よろこ》ぶ顔を見たい、相手に幸せでいてほしいと願《ねが》うこと**——なのだろう。

わたしは自分の髪《かみ》にかざったかんざしに、手をそえた。

コオリがこのかんざしを贈《おく》ってくれたときも、こんな気持ちだったのだろうか。

「和子《わこ》」

「うん？」

「ありがとな」

コオリは花を指でさわってみて、眉《まゆ》を下げて、笑《わら》おうとした。

わたしも笑《え》みを返す。

だがその時だ。

見つめ合う赤い瞳《ひとみ》に、急に涙《なみだ》のまくが張《は》る。

ぽろぽろぽろっと、大つぶの涙《なみだ》が、彼《かれ》のほほを転がり落ちていった。

「コ、コオリくんっ？」

コオリは、はらはらと涙《なみだ》をこぼす。

「ど、どうしたのだっ。腹《はら》でも痛《いた》いか!? ま、待て、いま礼《れい》くんを呼《よ》んで、たぬきの常備《じょうび》薬《やく》を――っ、」

動転して腰《こし》を浮《う》かせたわたしに、彼《かれ》は「ちげぇ」とうめく声をもらした。

「ごめん、和子《わこ》。オレがあの時、**あの人**を助けられてたらよかった。でも、間に合わなかった」

「あの人?」

わたしは浮《う》かせた腰《こし》を、またもどした。

「オレ、**和子《わこ》のばあちゃん**に、前に会ってた」

「う、うむ? わたしが狐屋家《おキツネさん》に初《はじ》めておじゃました時、幼少《ようしょう》のキミとも会っていたよな」

「そん時じゃなくて、もっと最近《さいきん》。おととしの冬」

なにを言われたのか、とっさに分からなかった。

「……あの人が和子《わこ》のばあちゃんだって、和子《わこ》んちで写真見せてもらって、やっとつながった。オレ、小《ちい》せえころの記憶《きおく》、ずっと失《な》くしてたから……。うちの親もたぶん、和子《わこ》のばあちゃんがどうして死んだのか、知ってたんだ。だけど言えなくって隠《かく》してた。だから『かんざしのまじないは二度とするな』って言ったんだよな。

オレも気づいてから、とても言えねぇって思ったよ。……知らないままのほうが、和子《わこ》は幸せかもって。でもオレだったら、ちゃんとホントのコトを知りてぇよ。大事な人のことなら、なおさらだ。一年たってるけど、まだ助けられる可能性《かのうせい》もあるんじゃねぇか？

魂《たましい》がないんだから、会えないのは、分かりきってる。

こんなの、和子《わこ》をだましてるみたいで、オレはイヤだ」

足の底《そこ》から脳《のう》のてっぺんまで、しびれるほど冷《つめ》たいモノが這《は》いあがってくる。

「待て、コオリくん。キミはいったい、なんの話をしているんだ」

わたしは彼《かれ》の手首をつかんだ。

赤い瞳《ひとみ》が大きく見開く。

その目のふちから、また、ぼろっと涙《なみだ》がこぼれた。

「あの人が、ナナシに食われるのを、オレ、この目で見たんだ」

外伝《がいでん》

ある日のコンコンぽんぽこミニ合戦《かっせん》

風呂《ふろ》から出たら、寝《ね》るまえだってのに、腹《はら》がへってきた。

今日の夕ごはんのおむすび、うちの母親がにぎったヤツで、……なんつーか、ヤバかったからな。

なんか食うもんあるかなって、廊下《ろうか》を台所のほうへ歩いてったら、香《こう》ばしいような、ほのあまいにおいが漂《ただよ》ってきた。

もう十時近《ちけ》ぇのに、だれか料理《りょうり》してんのか？

のれんをくぐって中をのぞいたら、――**礼《れい》だ。**

コンロを二つも使って、火にかけたフライパンにフタをしたとこだ。

「**パンケーキ？**」

「そーですけど」

礼《れい》はオレの乱入《らんにゅう》に、めちゃくちゃイヤそうな顔をする。

「じゃあ、生クリーム泡《あわ》だてなきゃな」

「ハァ？　どうしてあんたまで、勝手に食べる気まんまんなんです」

うちの台所は、字消士《じけし》や見習いがいっぱい住んでるから、冷蔵庫《れいぞうこ》もレストランなみにデカい。

重たいドアを開いたら、五本も十本もつまってる牛乳《ぎゅうにゅう》パックのわきに――、あった！

やっぱり、パンケーキには生クリームだよな。

たなからボウルも引っぱり出してきたオレに、礼《れい》はタメ息をつく。

「ぼくの手作りパンケーキ、一枚《まい》五千円ですけど」

「あ。さくらんぼのカンヅメあった。のせっか？」

オレはさっそくボウルに、砂糖《さとう》と生クリームをどぱっと入れる。

「ぜんっぜんヒトの話聞いてないですね」

礼《れい》は眉間《みけん》にシワをよせ、自分が使った材料《ざいりょう》をかたづけ始める。

なんか手ぎわがいいのは、実はしょっちゅう、一人でこっそり夜食作ってるっぽいな。

「……つか、前にもこんなコトありましたよね」

「あったか？」

礼《れい》と台所にならぶなんて、めったにねぇと思うんだけど。

「ずいぶんむかしですけど、上《うえ》さまの誕生日《たんじょうび》に、ナイショでケーキを作ろうって話になって。ぼくらでもパンケーキくらいなら作れるんじゃないかって、絵本見ながら、作ったじゃないですか」

「あー！　そういやそんなコトあったな」

じゃんけんで、オレが材料《ざいりょう》まぜる係、礼《れい》がフライパンで焼《や》く係に決まったんだ。

そこまではよかったんだけど、どっちが引っくり返すかでケンカになって、フライパンをうばいあう大ゲンカになって――。

「結局《けっきょく》、完成《かんせい》したんだっけな？」

「**まるい炭**なら完成《かんせい》しましたけどね……。上《うえ》さまにケーキを贈《おく》るどころか、この台所をリフォームさせるハメになったじゃないですか。あれは、バカさまがフライパンを投げて、水道管《すいどうかん》をぶっ壊《こわ》したせいですよ」

「**アァ？**　おまえだって、ケンカごしになってエプロンぬぎ捨《す》てたのが、コンロで引火して、すげぇ騒《さわ》ぎになったじゃねぇか」

そうだ、思い出した。

オレが水出して、礼《れい》が火を出して、ちょうどよく消火できたから、プラマイ0《ゼロ》。

よかったよかった。……とはならねーで、めちゃくちゃ叱《しか》られたんだった。

オレたちはニガい思い出に、そろって口がへの字にゆがむ。

「――なので、しばらくだまっててくれます？　若《わか》とムダ話してると、またケンカになりそうです」

「あっそ」

こっちだって、腹《はら》がへっただけで、ベツに、礼《れい》とぺちゃくちゃおしゃべりしたいワケでもねぇし。

オレはボウルを抱《かか》えて調理台のイスに座《すわ》り、生クリームを泡《あわ》だてるほうに専念《せんねん》する。

礼《れい》はオレに背《せ》を向けて、皿やらフォークやらを用意しはじめた。

「……そういえば、**徳川家定**《とくがわいえさだ》っていう江戸《えど》時代の将軍《しょうぐん》サマは、料理《りょうり》好《ず》きで、自分でカステラまで作って食べてたらしいですけど。当時のカステラって、ワサビや大根おろしをのっけたり、水でふやかしたりして食べたそーですよ」

「**ゲ**。なんだそれ」

「江戸《えど》時代は、砂糖《さとう》が高級品でしたから。カステラもそれほどあまくなくて、小麦粉《こむぎこ》をまぜた玉子焼《たまごや》きみたいなカンジだったんでしょうね」

「へーっ」

つい、和子《わこ》の歴友活動《れきともかつどう》を聞いてるみてーな気持ちで、反応《はんのう》しちまった。

自分で「だまってろ」って言ったのに、こいつはしゃべってんじゃねぇか。

だけどモンクを言うまえに、オレはふと、泡《あわ》だて器《き》を動かす手を止めた。

「――礼《れい》って、こんな歴史《れきし》にくわしかったか？」

「ぼくはバカさまとちがって、**読書してますんで**」

「たしかに本は読んでたけど、うんちく語るほどじゃなかっただろ。……もしかして、**和《わ》子《こ》と話が盛《も》りあがるように、**ベンキョーしてんのか？」

オレは最近《さいきん》、**礼《れい》が和子《わこ》を好《す》きなんじゃねぇか**って、けっこううたがってる。

……いや、だからどうしたって話だけどよ。

なんとなく、和子《わこ》の一番ノリの「友だち」としては、おもしろくねーっていうか……。

口をとがらせて、がしょがしょがしょホイップしてると、礼《れい》のほうはニッコリ、うさんくせぇ笑顔《えがお》になった。

「なに言ってるんです？　バカさまとちがって、ぼくはもともと勉強家ですよ。じゃあ、天照《あまてる》さんと盛《も》りあがりたいのに、ネタがない、おかわいそーな若《わか》のために、いくつか歴史《れきし》うんちく教えてあげますね」

「お、おう？」

「戦国《せんごく》時代の**豊臣秀吉《とよとみひでよし》**は、日本を統一《とういつ》して敵《てき》がいなくなったあと、おとなりの朝鮮《ちょうせん》を攻《せ》めようとして、兵士《へいし》を集めたんですよ。ところがどっこい、集合場所はフグの特産地《とくさんち》、下関《しものせき》の港。兵士《へいし》がフグを食べて、続々《ぞくぞく》と中毒死《ちゅうどくし》しちゃったんですって。フグの毒《どく》は、忍者《にんじゃ》が毒《どく》殺《さつ》に使った歴史《れきし》もあるほど、ヤバい毒《どく》ですからね。

　ちなみに**藤原薬子《ふじわらのくすこ》**っていう、平安《へいあん》時代のお嬢《じょう》サマは、名前に『薬』が入ってんのに、トリカブトの毒《どく》を飲んで亡《な》くなったらしいですよ」

「料理《りょうり》しながら、めっちゃ**毒《どく》**の話してくるじゃねーか……」

　ちょうど廊下《ろうか》を通りすがった**ヒロ**まで、ハラハラして、外からこっちをうかがってきてんぞ。

「あー、そうそう！　将軍《しょうぐん》サマのごはんは、毒見係《どくみがかり》がオッケー判定《はんてい》出すまで、**二時間**もかけてたらしいんですよ。十二時にできたごはんを、食べられんのは二時ですよ？　いつも冷《さ》めたごはんしか食べらんないなんて、かわいそうでしたよねー。そう考えると、うちの若《わか》さまは、よかったですね。今、焼《や》きたてのパンケーキをさしあげますからね。……**毒見《どくみ》ナシで**」

礼《れい》はフライパンのパンケーキを二枚《まい》、それぞれ皿にうつす。

「はい、**どーぞ♪**」

礼《れい》のは、きれいなキツネ色。

オレが渡《わた》されたのは、こんがり…………**毒々《どくどく》しい真《ま》っ赤《か》。**

毒《どく》リンゴみてぇな色してるぞ。

「お、おい。これまさかっ」

「やいやいっ、狸原《たぬきはら》の長男め！　**若《わか》さまに毒《どく》をもったな！**」

「うたがわしいなら、ヒロが毒見《どくみ》でもしてあげたらどーです？」

礼《れい》はヒロのつむじに、指先サイズの、小っちぇボトルをのせる。

そして、自分は部屋で食うつもりなのか、皿を手にのれんをくぐる。

オレとヒロは毒《どく》ボトルのラベルを読んで、目をまたたかせた。

「「食紅《しょくべに》」」

……なんだ。また、ただのイタズラかよ。

「バカさまは、すーぐ引っかかりますねー」

礼《れい》はこっちをふり向いて、べっと舌《した》を出して行きやがった。

巻《ま》きぞえ食ったヒロは、「なんだアイツ！」と、食紅《しょくべに》を調理台にたたきつける。

「つか、こんなんワザワザ用意してたってコトは、最初《さいしょ》っから、オレのぶんも焼《や》いてくれるつもりだったのか」

「そこまでして若《わか》さまにイタズラしたいなんて、許《ゆる》せませんっ」

オレはすげぇ色のパンケーキに、生クリームとさくらんぼを好《す》きほーだいのせて、フォークでぶっさして、もぐもぐ。

食えんなら、色なんて気にしねぇわ。

ヒロに半ぶん食うかって聞いたら、ものすごい速さで首を横にふって、逃《に》げるように台所を出て行った。

「ふつーにウマいけどな」

で、ふつーにくれたら、ありがとなって言ったのによ。

頭の中に、「礼《れい》くんはスナオじゃない」と笑《わら》う和子《わこ》の顔が思いうかんだ。
そうだ。さっき教えてもらった、毒《どく》うんちく。さっそく教えてやろ。
和《わ》子《こ》のことだから、もう知ってっかな?

あとがき

こんにちは、サバちゃん（魚類《ぎょるい》）です！　あとがきを書いてる今、残暑《ざんしょ》に**腐敗《ふはい》**ぎみです♡　だけど⑨の作中は、真冬！　キ～ンと冷《ひ》えた空気を想像《そうぞう》して、妄想《もうそう》パワーで腐敗《ふはい》の進行を食い止めてるよっ。

そんなわけで、やってきました**バレンタイン**♡　ずっと書きたかったバレンタイン！　キミノラジオさんの歴《れき》バス特集回《とくしゅうかい》でも話題にしてくださってた、お楽しみのバレンタイン回がぁ～～っ、来ーたーヨ――!!　来たけど……、あれれ？　思ってたカップルとは別《べつ》のところで、なにかが起こってる？　作者**想定外の方向へぶっ飛《と》んだ**バレンタイン回。お楽しみいただけたら祝着至極《しゅうちゃくしごく》ナリ～ッ！

そしてみんなっ。今回のカバーイラスト、心臓《しんぞう》がヒュッてならなかった？　私《わたし》はあまりのトキメキに、頭が真っ白になって、名を忘《わす》れ、サバとしての記憶《きおく》も失《うしな》い、危《あや》うくまた、ウバワレになっちゃうとこだった……。今までの巻《かん》とは雰囲気《ふんいき》がガラッと変《か》わった、キュートすぎるイラスト！　まぶしすぎる桃色《ももいろ》オーラに心臓《しんぞう》と視界《しかい》が灼《や》かれるゥゥ……！

ポプ友のみんなもウバワレにならないように、イラストを見る時は気をつけてねっ。

左近堂《さこんどう》先生、今巻《こんかん》も度肝《どぎも》を抜《ぬ》かれるイラストの数々《かずかず》を、まことにありがとうございました！　そしてほんわか笑顔《えがお》でゴリゴリ強力に歴《れき》バスを導《みちび》いてくださる松田さん、ポプラ社の皆々《みなみな》さま、歴《れき》バスをお届《とど》けくださる皆《みな》さまに、いつもありがとうございます！

和子《わこ》たちには、また大変《たいへん》なコトが起こったみたいだけど……っ、応援《おうえん》してくれるポプ友のみんながいれば、きっと乗りこえられるよね！　いつもキミノベル公式HP《ホームページ》やお手紙、SNS《エスエヌエス》での応援《おうえん》をありがとうっ。和子《わこ》たちも私《わたし》も、すっっっごくパワーをもらってます！

次の歴《れき》バスもお楽しみに！　続刊《ぞっかん》やいろんなお知らせは、公式HP《ホームページ》や、私《わたし》のHP《ホームページ》（https://note.com/asabamiyuki）をチェックしてね☆

「サバイバー!!」（角川つばさ文庫）・「いみちぇん!!廻《かい》」（角川つばさBOOKS）・「都道《とどう》府県男子《ふけんだんし》！」（野いちごジュニア文庫）のシリーズでも、みんなに会えたらうれしいでっす！

それでは、みんなにも届《とど》け、**トキメキ♡ビィィームッ！**　ぴろぴろぴろぴろ〜〜！（パソコンの画面に反射《はんしゃ》したビーム、サバの脳天《のうてん》に直撃《ちょくげき》）

歴史《れきし》ゴーストバスターズ

第10巻は2025年発売予定！

なんか呼《よ》ばれたから来たんだけど、みんなおしゃべりできるジョータイじゃないかんじ？

せやね。ウチらの出番かもしれんわ。

あらー。オレはほまれに会えてラッキーだけどさ。

のんきなこと言ってんじゃねーですよ。そうこうしているうちにナナシが……

（サササッ）

え？

コオリの衝撃的《しょうげきてき》コクハクのウラで、うごめく怪《あや》しい影《かげ》——
今こそ、ナナシに立ち向かうとき！

お楽しみに！

〒141-8210 東京都品川区西五反田3-5-8
ポプラ社 ポプラキミノベル編集部
あさばみゆき先生係

この住所に送ってね。

作／あさばみゆき

3月27日うまれのB型。横浜市在住。2013年に第12回角川ビーンズ小説大賞奨励賞を受賞。14年、第2回角川つばさ文庫小説賞一般部門金賞を受賞。著書に「いみちぇん！」「星にねがいを！」「サバイバー!!」（角川つばさ文庫）「都道府県男子！」（野いちごジュニア文庫）の各シリーズ、『超人物伝 紫式部』、アンソロジー参加作に『ダメ恋？』（ともにポプラキミノベル）がある。『大正もののけ闇祓い』（ポプラ文庫ピュアフル）など一般文芸も多数。
公式note◉https://note.com/asabamiyuki

絵／左近堂絵里（さこんどうえり）

漫画家・イラストレーター。「絵師100人展」に参加するなど、美麗な画風で人気を博す。著書に『桃組プラス戦記』『ハカセがっ!!』など多数。オンラインゲームのキャラクターデザインなども務める。

ほほおぉぉぉぉん　POPLAR KIMINOVEL

ポプラキミノベル（あ-03-10）

歴史《れきし》ゴーストバスターズ
⑨五年一組《ごねんいちくみ》トキメキ☆トゥインクルの乱《らん》!?

2024年11月　第1刷

作	あさばみゆき
絵	左近堂絵里
発行者	加藤裕樹
編集	松田拓也
発行所	株式会社ポプラ社 〒141-8210　東京都品川区西五反田3-5-8 JR目黒MARCビル12階
ホームページ	www.kiminovel.jp
印刷・製本	中央精版印刷株式会社
ブックデザイン	東海林かつこ（next door design）
フォーマットデザイン	next door design

この本は、主な本文書体に、ユニバーサルデザインフォント（フォントワークスUD明朝）を使用しています。

ISBN978-4-591-18377-9　N.D.C.913　286p　18cm

P8051123